universal grinder manuskripte
unfolding

vorrede
des herausgebers Kleiner Tellerrand
aka Brunnenfrosch, aus dem universum des Chuang-tzu

Der autor hat nicht locker gelassen, ich möge diesem werk doch bitte einige wohlwollende worte mit auf den weg geben, als genügte es einem verleger nicht, das wagnis der herausgabe eingegangen zu sein. Einen anfänglichen unmut zu diesem ansinnen kann ich nicht verhehlen. Er erinnerte mich aber daran, mein weiser chinesischer mentor habe mich einst in guter absicht mit der Meeresschildkröte bekannt gemacht, worüber meinerseits ein gewisser groll verblieben war. Erst dem autor verdanke ich, diese alte angelegenheit in für mich günstigerem licht zu sehen. "Wo kommen wir hin, alle dinge über einen kamm zu scheren. Auch dein mentor hatte das einst schon so gesehen."

Zugegeben, wie viel mehr läge mir daran, eine abhandlung über die nichteuklidische krümmung der raumzeit aus der froschperspektive verfassen zu dürfen. Oder, aus den höhen der einbildungskraft, aller kategorialen denkfesseln befreit, sich der subtilen poetik kulinarischer menüfolgen zu widmen, unerschöpflich die variationen an fliegen- und mückengerichten, fein ergänzt mit ein, zwei gläschen tautropfen von rosenblüten, oder auch einem lieblichen honigsüßen tröpfchen, von sonnentaufäden geerntet. Ich schweife ab, aber es bringt wenigstens voran, diese seite nun schon bis zur hälfte gefüllt zu haben.

Das eingeständnis des autors, er wäre als akrobat des wortes leider nicht schwindelfrei, hat mich für ihn eingenommen. Er sagte er käme sich vor wie Orbaneja, ein maler zu Urbeda, so die auskunft, des über alle zweifel erhabenen ritters Don Quixote, der es vorzüglich verstand, den entsprechenden sachverhalt seinem knappen Sancho näher zu erläutern: *"wenn man ihn fragte, was er male, zur Antwort gab: was es wird; und wenn er etwa einen Hahn malte, so schrieb er darunter: Dieses ist ein Hahn, damit es niemand für einen Fuchs ansähe..."*

Und bei anderer gelegenheit: *"Dieser malte einmal einen Hahn der so unscheinbar herauskam, daß er mit gotischen Buchstaben darunter schreiben mußte: dies ist ein Hahn. So wird es auch mit meiner Historie beschaffen sein, die gewiss eines Kommentars bedarf, um verstanden zu werden."*

Wenn ich das so recht betrachte, auch der autor gibt sich alle mühe, und die personalie seines Argo, der geborene fahnenflüchtige seiner zeit, hat meine volle sympathie.

Da ich zu guter letzt eingewilligt hatte, vor diesem ersten, den vierten band des werkes zu veröffentlichen, wie einen wetterversuchsballon in den sphären des leseruniversums, bleibt mir wenigstens noch eine frist, meine worte zu überdenken.

Kleiner Tellerand Anno MMXVII

grinder manuskripte unfolding

jürgen rahn

Bibliografische Information der Deutschen Nationalbibliothek: Die Deutsche Nationalbibliothek verzeichnet diese Publikation in der Deutschen Nationalbibliografie; detaillierte bibliografische Daten sind im Internet über dnb.dnb.de *abrufbar.*

"grinder manuskripte - unfolding" (2018)

ISBN: 978-3-7597-0268-5 (2024)
Verlag: BoD · Books on Demand GmbH, In de Tarpen 42, 22848 Norderstedt, bod@bod.de
Druck: Libri Plureos GmbH, Friedensallee 273, 22763 Hamburg

Erster Band der Reihe "universal grinder episoden"
© 2018 Jürgen Rahn
parmenides publishing
Brunnenfrosch - Kleiner Tellerrand

Text, Abbildungen und Gestaltung: Jürgen Rahn
Korrektorat: Bertram Rutz & Peter Tepe

Umschlag:
Titelbild "am rand des pilzwaldes"
getuschte Malerei auf Wenzhou Papier 70 x 100 cm

Chinesische Stempel, geschnitzt von Wang Ning:
Impressum, "Namensstempel" des Autors
Seite 137, "Der Stein ist flussaufwärts gewandert"
rückseitiger Buchdeckel, "der Brunnenfrosch betrachtet die Wolke"

Ungerecht wenn der besen
fliegend die erde umrundet
und zeichenlos schriftet
putzlappige grüße aus dem all

Mónica Lista

winged bookshelves
carrying the painter
to the shores of free thought
out of reach
from the world's pressure
for submission
enjoy a cup of tea

auftakt im büro des verlegers

Nicht gerade empfehlenswert, dem geneigten leser schon zu beginn geduld abzuverlangen, nur weil der autor meint, dem eigenwilligen philosophieren, räisonieren und agieren seiner protagonisten gehör schenken zu müssen, sich damit die chance vergebend, seiner fabel mit dem ersten satz den richtigen schwung, klang und farbe zu geben.

Mit einigen akteuren seines werkes hatte er sich bei seinem verleger, dem Brunnenfrosch, Kleiner Tellerrand genannt, eingefunden. Dieser zerstreut anmutende kreis gab nicht den anschein irgendwelche erwartungen zu hegen.

Uncle Jules, vertraulich mit Lucy Haven, ein patentanwalt mit dem Kappenmann im gespräch, ein psychiater und sein patient Alex, über ihre *android-displays* in ein *online-spiel* vertieft, zwei parkwächter, uneins darüber, ob sie nicht doch ein und die gleiche person zu sein hätten, eine makellos aussehende androidin glich einer göttlichen statue, und herr Cäsar versuchte vergeblich mit dem Brunnenfrosch über geschäfte zu reden, musste sich an dessen schreibtisch mit der teilnahme am *schiffe versenken* begnügen. Nur der von seinen reisen offensichtlich gebeutelte Argo döste in einem sessel vor sich hin.

Schließlich bat der autor um gehör, es wurde still, "danke, mache es kurz. Mir wurden fragen euerseits zugetragen, wer wann seinen ersten auftritt bekäme. Nur geduld, alles beizeiten. Dem leser angemessen vorgestellt zu werden, ist das recht eines jeden von euch, autorenehrenwort."

Doch die stille schien noch nicht gesättigt.

"Das beste, so scheint mir, ich beginne mit einer episode, in der keiner von euch einen auftritt hat, allen gemütern zeit genug, sich mal zu bescheiden, den eifer fürs gemeinsame zu wahren, zum künftigen vergnügen des lesers."

Jemand murrte kleinlaut, "aufschieb ist ein tagedieb."

Der anwalt, "erlaubt der autorenvertrag solches?"

Nicht auszumachen, ob er für alle sprach. Kleiner Tellerrand zeigte sich nicht angesprochen, also der autor weiter, "der autorenvertrag? Die künstlerische freiheit berührt er nicht.

Deshalb, dem leser und uns allen zur einstimmung, eine erzählung aus vergangenen, entfernten vorzeiten."

einst auf einem kleinen planeten

frieden auf erden

Die großen zeiten der saurier waren längst geschichte, und auf dem kleinen planeten hatte die vielfalt des lebens nach und nach wieder die oberhand gewonnen.
Über einer afrikanischen savanne zog die morgensonne auf. Missmutig stapft ein massiger brontosaurier durch das ihm viel zu trockene gras. Er wusste noch vage, dass mit der glorreichen herrschaft seiner spezies was schief gelaufen war. Der traum vom verlorenen paradies ist ihm geblieben, einem herrlichen, leichten leben in den sümpfen.

Der bronto nähert sich den bäumen am rand eines dichten waldes. Sein kleiner kopf fährt auf dem langen hals bis in die höhen der baumkronen. Die bewohner hatten längst die flucht ergriffen. Vom frischen laub zu naschen, ist heute offensichtlich nicht das interesse des bronto, er sucht wohl etwas anderes und äugt vorsichtig hierhin und dorthin.

Ein alter silbrighaariger affe war auf seiner hohen astgabel in aller ruhe sitzen geblieben. Warum sollte er einen friedlichen pflanzenfresser fürchten? Nur scheint sich dieser ausgerechnet für ihn zu interessieren, denn der kopf des bronto verharrt vor ihm in einem respektablen abstand, als läge ihm daran zu vermeiden, seinem affigen gegenüber angst einzujagen, was dessen stammesgenossen soeben unverzüglich in die flucht getrieben hatte.

"Es heißt, ihr habt sehr geschickte hände", spricht ihn das riesentier überraschend an.
"Wie man's sieht, intelligenz braucht hände, da dürfte was dran sein", erwidert der affe.
Sein gegenüber nahm die bemerkung nicht persönlich, überhört das und verfolgt weiter sein anliegen, "ihr könnt sogar bananen schälen."

"Das ist eine bananenleichte übung", meint der alte, "selbst die kleinsten meiner sippe beherrschen das schon im nu."
Der bronto, zur besseren darlegung seines dilemmas, hebt schwerfällig eines seiner baumstammdicken vorderbeine in die höhe, soweit es ihm gelingt und sagt, "da hat sich ein dorn in meinen fuß gebohrt. Ich bitte dich, kannst du mir den herausziehen?"
"Wenn's mehr nicht ist", und bereitwillig klettert der alte nach unten, besieht sich die wunde näher und zieht den dorn aus dem angehobenen fuß heraus.

Kaum geschehen, stöhnt der saurier erleichtert auf, voller wonne über die geglückte operation, während sein freundlicher helfer wieder hinaufsteigt, bis zur höhe seiner angestammten astgabel.
Die augen des bronto blicken ihn anerkennend und voller dankbarkeit an.
"Wir letzten saurier sind in der heutigen welt zum paria geworden, und doch hast du mir geholfen. Dafür danke ich dir."
"Schon gut", sagt der silbrighaarige, "jede herrschaft geht mal zu ende. Mir denkbar, es könnten viele, unvorstellbar schlimmere kommen."
"Woher weißt du das?"
"Ich hab's in den genen."
"Was ist das schon wieder?"
"Nenne das intuition. Eine ahnung, dass ein nächstes mal ausgerechnet nachfahren meiner art der übermut zu kopf steigen könnte. Wir beide werden das nicht verhindern."

"Warum nur, bezüglich meiner spezies trage ich tief in mir ein schuldgefühl, liegt ein fluch auf uns sauriern? Nehme an, ja ich wünschte, deine ahnungen weisen auf anderes. Wenn also nicht nur die saurier an allem schuld sind, das gäbe mir das wenigstens etwas frieden."

"Das tut uns doch allen not. Unsere begegnung erweckt auch mir hoffnungen. Denke ich nur an meine vorhin geflüchteten artgenossen, vielleicht ist es ein anderes mal der sich ausbreitende unverstand der menge, der rudel und

schwärme, was in künftigen zeiten den niedergang einer spezies heraufbeschwören könnte."
"Sieh' mich an, vielleicht liegt es daran, der magen ist dem herzen so viel näher als der kopf."
"Das gilt auch für mich, entschuldigt aber doch nicht, dass wir uns alle zu fressfeinden erklären. Ich freue mich über unser gespräch."

Ein unversehens schnell lauter werdendes stampfen, wie mit riesensprüngen sich nähernd, lässt den beiden kaum noch gelegenheit, rechtzeitig der gefahr gewahr zu werden.

Im nu hat sich ein tyrannosaurus-rex auf den bronto gestürzt, ihm mit seinem riesigen gebiss den bauch aufgerissen und beginnt ohne weiteres sein kannibalisches festmahl, während sein verwandter, seitlich zusammen gebrochen, nochmals mühsam versucht seinen kopf zu heben, ein letzter erlöschender blick zu seinem helfer dort oben im hohen baum, und dann, mit diesem hellen bild einer gemeinsamen hoffnung, sich dem so plötzlichen ende seines daseins klaglos fügend.

In hilflosem grausen hat der silbrighaarige sich von dem geschehen abgewandt, sitzt dort oben in der höhe seiner astgabel, still und unbeweglich, mit geradem rücken und geschlossenen augen.
Seinen bebenden lippen entweichen unartikulierte laute, phonetisch so etwas wie phhhhh pfuhhhh wuhhhh wuuu weiii, und so legen sich langsam die turbulenzen in seinem denkrahmen.
"Eine zu kurze freundschaft und doch ein hoffnungsvolles zeichen. Der wert des lebens gründet auf der bereitschaft einander vertrauen zu wollen." Mit dieser einsicht sind auch die düsteren visionen gewichen, die, angesichts der furcht und des unverstandes seiner vor dem bronto geflüchteten artgenossen, ihn so sehr beschäftigt hatten.
Nicht nur, dass der magen dem herzen näher ist als der kopf, er meldet sich wenigstens auch wenn er leer ist.

zeitsprünge

"Ja richtig, sie sind zur sprechstunde angemeldet, nehmen sie bitte noch eine weile platz, dort drüben, ich werde sie aufrufen."
Der betörende anblick dieser dame am empfang der kanzlei des patentanwalts hatte im nu alle meine sinne gekapert, "Ja ... ja da ... da, ach ich seh' schon ... ja mit vergnügen", meine gedanken verstolperten sich hoffnungslos, während sie mich entgeistert ansah, rettete mich eiligst in den offen angrenzenden warteraum.
Ein fensterloser, dezent ausgeleuchteter bereich, flankiert von zwei holzkübeln, mit ausladend üppigen grünpflanzen bestückt, diesen optisch vom empfang separierend.
Sogleich stellte sich ernüchterung ein, erblickte nun die versammlung der wartenden, also alle, die vor mir an die reihe kämen. Mein guter morgen gruß wurde von einigen murmelnd erwidert. Auf einem noch freien stuhl nahm ich erleichtert platz, neben einem tisch mit abgegriffenen zeitschriften, die niemanden mehr einluden, sich ihrer zu bedienen.
Drei regungslos wartende herren hielten verschlossene schwarze aktentaschen vor sich fest auf dem schoß. Das ließ wohl ahnen, wie bedeutsam die darin verborgenen dokumente ihrer noch geheimen erfindungen sein mussten. Von dieser zugeknöpften gesellschaft unterschied sich deutlich ein anderer mann mit einer schalenförmigen metallenen aluglänzenden kappe auf dem kopf, aus der ein dünner draht wie eine antenne nach oben ragte. Er saß dicht neben einem der pflanzenkübel, unmittelbar mir gegenüber. Bei meinem eintreten hatte er sich weder geräuspert noch aufgeblickt, nur der steil in die luft ragende draht zitterte leicht, an dessen spitze sogar ein winzig kleines lämpchen für einen moment grün aufleuchtete. Das fand ich originell und aufmunternd. Leider wurde dieser klient als nächster in die sprechstunde des anwalts gerufen,

und so überließ er die warteraumszenerie endgültig einer apathisch zähen langeweile.

Nahm zuflucht zu meiner mitgebrachten lektüre, las über *dromologie, »revolution der geschwindigkeiten«,* dachte so bei mir an das stoische verhalten der dromedare, bin kein lateiner, muss mir gelegentlich über manche eselsbrücken in der lektüre weiter helfen. Dennoch entging mir nicht, dass die aktenkoffer haltenden herren mich verstohlen beäugten, insbesondere die miniaturgroße antiquarische, kunstvoll gefertigte mühle, die ich vor mir auf dem schoß hielt.

Ahnte den heimlichen spott und kaum hörbar verklemmtes geflüster, ob ich denn wirklich beabsichtigte, auf dieses mahlwerk ein patent anzumelden, augenscheinlich nicht einmal elektrisch betrieben, nur mit einer altertümlichen handkurbel versehen. Immerhin schien dies der mentalen lockerung dieser ebenfalls wartenden dienlich.

Der nächste von uns wurde aufgerufen, während nun am empfangstresen der mann mit der kappe, soeben aus der sprechstunde entlassen, dazu anhob, seine offensichtliche enttäuschung über die konsultation des anwalts nun an der sekretärin auszulassen. Er wirkte immun gegenüber ihrer bezirzenden gegenwart, würdigte sie keines blickes, schien eher so, als wollte er uns, auf unsere chance wartende erfinderkollegen, ein plädoyer seines verkannten genies unterbreiten. Ich mochte ihn im grunde, klappte mein buch zu, ihm nun zuzuhören.

"Große entdeckungen werden immer erst verkannt und die genies verhöhnt", schimpfte der Kappenmann. Die göttin hinter dem tresen, in lichter gleichmut und geduld, blickte ihn mit allwissender anteilnahme der güte eines engels an.

"Meine erfindung schützt das denken, das hirn vor unguten schwingungen, sie lauern doch überall, schritt auf tritt und und drücken aufs gemüt."

Der zitternde draht auf seiner kappe begann deutlich zu rotieren, das lämpchen an der spitze blinkte hektisch, war in ein alarmierendes rot gewechselt.

"Ich sehe", konstatierte die von mir heimlich angehimmelte,

"das scheint mir doch richtig gut zu funktionieren, warnung vor schlechter laune. Bingo."
Ein älterer herr unter den wartenden rief mit mockierender stimme, "aber besänftigt ihn nicht. Sehen sie, statt kappe, dem mann ganz einfach kopfhörer und die Bee Gees auf die ohren, dann ginge es ihm gleich wieder besser."

War mit ihm sicher der einzig ältere unter den anwesenden, das noch leidlich zu verstehen, wogegen diese bemerkung den kappenmenschen nun erst recht in fahrt brachte.
"Haben sie in ihrer aktentasche womöglich ein patent, mit dem sie mir diesen verdienst streitig machen wollen? Bin ich hier in Daniels Löwengrube geraten?"
Der draht auf der kappe des erregten erfinders rotierte inzwischen in einer solchen schnelligkeit, dass er begann ein flirrendes geräusch zu erzeugen. Faszinierend.
Schien mir, als hätte dieses genie unabsichtlich ein neues gerät zur messung des blutdrucks erfunden, in gewisser weise auch der wahrheitsfindung dienlich. Wie praktisch außerdem, zur rechten zeit für umstehende erkennbar, wem besser aus dem weg zu gehen wäre. Ein tragischer erfinder, dachte ich, ein dem frieden dienliches gerät, nur macht er sich nun selbst zum narren.
Resignierend, seinen stimmungshelm unter dem arm, mit nicht versiegenden schimpftiraden gegen gott und die welt, schlug der verkannte erfinder die eingangstür hinter sich zu.

Schließlich wurde dann auch ich in das sprechzimmer des patentanwalts gebeten. Sofort blickte dieser verdutzt und fragend auf die kleine antiquarische mühle.
"Verstehe ihr erstaunen", gab ich zu, "aber warten sie, ein gerät, das die zeit verschieben kann, eine revolution."
"Sie reklamieren also gar nicht erfinder einer mechanischen kaffeemühle sein", erwiderte er und fügte spöttisch hinzu, "sie empfehlen eine entschleunigung des alltags, dehnen die zeit bei beruhigendem mahlen der kaffeebohnen, doch da meine ich, dazu ist das gerät etwas zu klein geraten, reichte allenfalls für ein tässchen mokka."

Wenigstens lässt er seinem humor die lange leine. Es heißt anfangen sei leicht, beharren eine kunst, also nur mut dachte ich, "ist auch keine einladung zum kaffeekränzchen. Dieses exemplar ist außergewöhnlich, habe es auf dem flohmarkt im lager eines trödlers entdeckt und ist seitdem mein ehrlich erworbenes eigentum."

"Glückwunsch, wirklich gute arbeit, etwas fürs museum. Ich erlebe ja so einiges. Ein leicht erregbarer herr erklärte mir vorhin, eine kappe für gute laune und gemütsruhe erfunden zu haben, der beweis blieb aus."

"Der ewige streit um den einzig wahren *draht nach oben*."

"Aber die telefonnummer wusste er auch nicht."

"Um auf den punkt zu kommen, wie ja schon erwähnt, ist dieses gerät eine zeit umwälzende entdeckung. Die kurbel zu bedienen, damit fasst man sozusagen die zeit regelrecht beim schopf."

"Zeit zur besinnung, das sagte ich doch schon, oder sind sie gar ein Münchhausen?"

An der zeit, mit diesem ablenkungsgeplänkel endlich schluss zu machen, "behalten wir beide die an der wand über der tür hängende zwölf stunden uhr fest im auge, zwar ohne sekundenzeiger, aber auch so werden wir die sache gleich deutlich verfolgen können."

Das mahlwerk platzierte ich auf dem schreibtisch, setzte mich seitlich, um auch die uhr im blick zu haben, kurbelte abwechselnd wohl getaktete gegenläufige drehungen, mit sekunden kurzer pausen, der minutenzeiger der wanduhr beschleunigte deutlich seinen lauf, schon folgte ihm der stundenzeiger, geistesgegenwärtig hielt ich mit dem kurbeln inne. Doch als hätte der anwalt sich in luft aufgelöst, saß er mir nicht mehr gegenüber.

In gewisser weise, ohne bestätigung des anwalts war meine demonstration für die katz. Hilflos blickte ich auf den weiterhin leer bleibenden platz hinter dem schreibtisch, versuchte das kurbelprozedere gespiegelt zu wiederholen. Doch nichts passierte. Wurde aber schon bald von meiner ratlosigkeit, angesichts des aus dem ruder gelaufenen experimentes, erlöst. Die tür unter der uhr öffnete sich, und die sekretärin blickte herein, "ach herrje", rief sie, "nur gut, dass ich vor feierabend nochmals nach dem rechten schaue. Wie konnte das nur passieren, und sie sitzen wie verloren immer noch hier."

Wie nur eine plausible antwort finden? Ich blickte sie irritiert an. Nach dem dilemma mit dem anwalt hatte ich kaum gelegenheit, darüber nachzudenken, doch sie plapperte aufgeregt weiter, "die noch wartenden klienten hatte ich alle nach hause schicken müssen, da mein chef als gutachter dringend zu einem außentermin gerufen wurde. Dass ich sie hier stundenlang vergeblich warten ließ, das war mir doch ganz entfallen, oooh bitte", hauchte sie, "sie verzeihen mir doch?"

Dieser frau war ich sowieso bereit, alles zu entschuldigen, auch wenn ich in ihrer erinnerung wohl eine große leerstelle eingenommen hatte. Nichts ist immer noch besser als gar nichts.

"Keine sorge, ich hatte ja noch gelegenheit ihrem chef meine entdeckung vorzuführen", wies auf die antiquarische mühle, sie stand noch auf dem schreibtisch, "wundere mich selbst, dass der anwalt sich so mir nichts dir nichts davon gemacht hat."

Mit offenem mund stand sie ungläubig und ratlos vor mir. "Sie drücken sich seltsam aus, aber die klientel ist hier manchmal recht schrullig, oh, sie natürlich ausgenommen, aber das ganze bringt mich nun doch in verlegenheit."

"Vergessen sie's, das war dumm und leichtfertig von mir", unterbrach ich sie, "nun will ich ihren feierabend nicht länger hinauszögern", nahm die mühle wieder an mich und stand auf.

Wir gingen zum empfang, ich weiter zur eingangstür, drehte mich nochmals um, "madame, ich empfehle mich."

Doch sie unterbrach mich, "wie sehr ich ihnen zu dank verpflichtet bin, sie sind so verständnisvoll. Gerne merke ich einen neuen termin für sie vor, verschiebe dafür sofort einen anderen, selbstverständlich, und beim nächsten mal werden sie, bingo, mehr glück haben."

"Ihnen begegnet zu sein, ist mir für heute glück genug",

wiegelte ihren eifer ab, und immer noch an der tür, eines wollte ich doch noch erfahren, "wann hat sich der herr anwalt verabschiedet?"

"Gar nicht. Er rief mich von außerhalb an, vielleicht gab's ein gespräch über seine durchwahl und er hat in aller eile den hinteren ausgang zur parkgarage genutzt. Das war kurz nachdem ich sie zu ihm eingelassen hatte. Er hatte nicht viel zeit zu reden. Es hätte sich was ereignet, dringender klärungsbedarf, das war alles. Wenn ich nur daran denke, wie lange sie dort auf ihn warten mussten, ich bin immer noch untröstlich."

"Nicht doch, meine liebe, ein entspannter feierabend sei ihnen wohlverdient. Auf andere gedanken kommen, werde mir nachher zwei, drei stärkende pints im englischen pub, dem *Divin' Duck*, genehmigen."

"Da haben wir doch was gemeinsam. Auch ich verkehre dort gerne. Nur heute nicht. Da bin ich besetzt."

"Verwundert mich nicht, dann also einen wohl verdienten feierabend, verehrte", und schloss die tür leise hinter mir.

Zur bedienung der mysteriösen mühlenmaschinerie schien mir dringend mehr disziplin im systematischen vorgehen notwendig. Unvorhersehbare zeit- und raumphänomene, durch das gerät ausgelöst, unerklärliche zeitlücken, bisher aber alles ungeschoren überstanden, wenn auch manchmal wie ein wandelnder lunatic, aber ohne auch nur ein einziges mal für andere auffällig geworden zu sein.

Nun war mir ja bekannt, in der experimentellen physik gilt, dass bei allen ereignissen wechselwirkungen mit anderen vielleicht noch unbekannten faktoren, letztlich auch der beobachter selbst, mitbedacht werden müssen, kein ort im gesamten universum, an dem dies ausgeschlossen werden könne. Da stand mir ja wohl noch was bevor.

Jedoch meiner flaneurmentalität mangelt es an methodisch wissenschaftlichem ansatz zur klärung solcher ereignisse. Mir war unfassbares eher hafer für tagträume, versuch und irrtum. Da scheint es mir so zu sein, wie gesagt wird, *er ist wie der zeiger an der uhr, er geht, wie man ihn stellt*.

einst im park

"Astarte, hierher!" Eine stimme, spitz und gebieterisch. Der auf einer parkbank in seine buchlektüre versunkene mann schreckte irritiert auf. Eine an seinen schuhen schnüffelnde harmlose pudelige hündin hatte er bislang noch nicht mal wahr genommen.

"Astarte, sei brav, böser mann, hol dir ein leckerli", ertönte es nun unmittelbar hinter ihm, alarmiert, als schwang eine drohung mit, drehte er sich um. Wie eine erscheinung aus einer künftigen perfektionierten welt, hatte sich, vor seinen erstaunten augen, eine androide person übermenschlichen ebenmaßes materialisiert, die nun offensichtlich ihre Astarte in diesem park gassi führte.

Sein blick wanderte im rund, ohne zweifel, er befand sich in dem ihm vertrauten park. Doch nicht nur diese androidin, ihn beschlich ein befremdliches gefühl, im wahrsten sinn des wortes zu falscher zeit hier zu sein. So sehr hatten ihn also seine bisherigen versuche, das geheimnis des kleinen antiquarischen mahlwerks zu ergründen, immer tiefer in ein wirres labyrinth experimentellen wissenschaffens entführt, aus dem stehgreif in unfassliche reisen verstrickt, dass es sich bei ankunft im noch unbestimmten als hilfreich erwies, zur akklimatisierung eine vertraute buchlektüre zur hand zu haben.

Zwei, die er gewohnter weise immer mit sich trug, Lao-tzus *Tao Te King* und Immanuel Kants *Kritik der Urteilskraft*, sie lasen sich immer wieder neu, als hätte er bis dahin immer nur an der oberfläche gekratzt. Doch nun? Der ihm so sehr vertraute park, freiluftakademie ungezählter lesestunden, mit einem mal, wie ein palimpsest von einer anderen zeit überschrieben, nur wollte sich das bild noch nicht fügen. War es dem Königsberger philosophen nicht schon misslich, dass eine Pappel auf dem grundstück des nachbarn ihm zunehmend seinen fensterausblick verstellte?

Nun blieb diese menschenähnliche roboterin, die ihren hund mit Leckerlis versorgte, weiterhin feindselig vor ihm stehen, was wollte sie denn nur noch?

Zu seiner erleichterung näherte sich eine weitere person, unübersehbar die parkwächtermütze, und darunter befand sich jemand von eindeutig menschlichem antlitz.

"Na endlich kommen sie", rief die androidin, "diese person, die Astarte soeben mutig gestellt hat, dieser fremde da auf der bank gehört nicht hierher."

"Sie hören", der parkwächter höflich zu dem angeklagten, "ein schwerwiegender vorwurf, den wir besser entkräften sollten."

An den roboter gewandt, "was veranlasst ihre behauptung, der mann gehöre nicht hierher?"

"Behauptung? Meinem augenscan bleibt nichts verborgen. Nicht aus unserer zeit, ein alien!"

Der fremde, bass erstaunt, doch mit wohlmeinendem blick, "madame, auch ich habe ein anderes zuhause als diesen park, beliebt mir aber seit jeher, hier in ruhe zu lesen. Ihre anwesenheit heute, verehrte dame, erhöht den zauber und frieden und die freimütigkeit dieses ortes."

"Da haben wir's, er sagte lesen, der ursprung zersetzenden denkens", rief die androidin ungehalten. Ihre äußere anmut war einer doppelgesichtigkeit gewichen.

Der parkwächter, nachdenklich geworden, "erinnere mich ganz entfernt an bücher, hieß es nicht, wer liest, der sündigt nicht?"

Jedenfalls meint er es gut mit mir, dachte der mann auf der bank und blieb gelassen.

"Von wegen, das ist eindeutig ein subversives subjekt, tun sie was! Bei fuß Astarte!" Die hündin hatte sich wieder zutraulich dem fremden genähert. Dieser, mit fragendem blick zum wächter, "wie oft saß ich hier noch, bis sie vor der abenddämmerung das licht der gaslaternen entzündeten, mir immer letztes zeichen aufzubrechen, und nun dies?"

Er stutzte, genau, das war's, was ihn anfangs irritierte, und sein gegenüber, "Gaslaternen? Früher, ganz gewisss", und sein gutmütiges gesicht, einen moment voll nachdenklicher teilnahme, sogleich wieder voller entschlossenheit, die lage zu befrieden. Doch der empörung der androidin schien ihre programmierung keine grenzen gesetzt zu haben.

"Sie wollen doch nicht meine zertifizierte intelligenz in frage stellen? Muss ich sie erst an deren unfehlbarkeit erinnern? So nehmen sie das subjekt da endlich in gewahrsam!"
Taten sich hier abgründe der denkmaschinen auf?
Künstliche emotion, dachte der fremde, gehörte das nun zur grundausstattung dieser androiden geschöpfe, menschliches vorzutäuschen, oder waren sie in gewissem sinn lernfähig? Menschen zeichnen sich im erfindungsreichtum, agressionen kundzutun und auszuleben, ja als besonders talentiert aus. Wie der herr so's gescherr.
"Entschuldigen sie, gnädigste", der parkwächter versuchte weiter zu beschwichtigen, "ihr untrügliches urteilsvermögen unbenommen, über alles erhaben, aber sehen sie, ihre Astarte, den fremden zu beschnüffeln scheint mir eine form der begrüßung, sieht mit der nase und mag die nähe zu menschen. Da haben sie, gnädigste, doch ein problem."

"Nun hören sie mal, ... sie subalterne analoge mentalität, ich habe sie zu hilfe gerufen, hier für recht und ordnung zu sorgen, mein urteil ist befehl! Sind sie schwerhörig? Das ist ... das ist doch, ... die tiefe, ... ach was, die größe, ... nein, richtig, ... das ist die höhe ..."
Der so zu unrecht gescholtene unterbrach die ins stottern geratene. "Bitte halten sie endlich ihr blechmaul."
Die androidin war nicht mehr sie selbst, was immer bei einem roboter darunter zu verstehen war, ihre operative intelligenz hatte sich wohl ausweglos in einer endlosschleife verfangen. Aus ohren und nasenlöchern dieses überirdisch perfekten anlitzes entwich zischend gelblicher dampf. Vor den entsetzten augen der beiden männer implodierten ihre schaltkreise, der körper sprühte funken, die sich durch die kleidung brannten. Schließlich fiel die arme der länge nach hintenüber, blieb regungslos liegen, deformiert, schien ein untrügliches zeichen, in ewige stille eingegangen zu sein.

Die hündin Astarte kümmerte das nicht. Sie schnüffelte nun gebannt an den schuhen des parkwächters und folgte ihm auch, als er seine runde wieder aufnahm, nachdem er und der fremde sich verabschiedet und im weiteren einander einen schönen tag gewünscht hatten.

das fährschiff *Bosporus* - Uncle Jules

Die *Bosporus* befand sich auf ihrer langen fährstrecke schon seit vielen tagen auf kurs, als es einen blinden passagier verspätet an bord verschlug. Ereignisse, die unmittelbar seiner ankunft auf dem schiff vorausgingen, waren vom malstrom der zeit in unbekannte tiefen verwirbelt.

Der erzähler will diese lücke nicht mit allzu frei erfundenem füllen, die glaubhaftigkeit der erlebnisse unseres reisenden nähme unnötig schaden. Noch kreisten vor dessen augen, einem kaleidoskopblick gleich, versprengte fragmentarische wahrnehmungssplitter seines transit, doch dringlicher war, vorsichtig und unauffällig sich ein bild dieses unbekannten ortes zu verschaffen, an den es ihn verschlagen hatte.

Zur geruhsameren eingewöhnung wäre ihm ein kurzweiliger aufenthalt in einem nächstbesten buchladen sehr gelegen, doch es gab keinen.

Ein labyrinth weiträumiger nicht endender decks. Das boot musste von ungeahnt gewaltigen ausmaßen sein.

Ziellos schlenderte er über promenaden, inmitten eines unglaublich bunten gewusels von passagieren ungeahnter vielfalt, erst recht unbekannter herkunft, eine wohltuende kosmopolitische szenerie, in der das gefühl des fremdseins jegliche bedeutung verlor.

Er passierte boutiquen, bars, restaurants, spielsalons und sonstige nur denkbare versprechungen des konsums und zeitvertreibs, das übliche. Spielpläne der filmtheater hingen aus. Hin und wieder nahm er zuflucht in einem der künstlich angelegten parks, genoss es, eine weile sich auf einer der bänke auszuruhen, den Lao-tzu hervorzuholen, sammlung für die nötige gelassenheit.

Lange stand er unentschlossen vor der breiten fensterfront eines der speisesäle, eine erhabene melancholie, wie von Edward Hopper gemalt, wagte nicht einzutreten.

Ein steward, auf ihn aufmerksam geworden, kam nach draußen, mit freundlicher stimme, "sie wirken unsicher, reisen gehört nicht zu ihren gewohnheiten?"

"Es gibt reisen, auf die man nicht gut vorbereitet ist", er zögerte, "muss sagen, allzu wenig mir vertrautes hier."

"Auf reisen über so große distanzen leiden nicht wenige unter weltraumkoller. Dafür sind wir ja da", er meinte wohl sich, "sicher bringen sie guten appetit mit. Treten sie nur ein, mein herr, und nehmen sie platz."

Ein raumschiff? "Danke ihnen, wär' tatsächlich meine erste reise in solchen dimensionen, was soll ich sagen?"

Verlegen folgte er dem steward. Der geleitete ihn an einen freien tisch. Er wagte nicht um eine speisekarte zu bitten. Keine zeit darüber nachzudenken, schon wurde ihm ein üppiges tagesmenü inklusive einer karaffe rotwein serviert. Was durfte er davon halten? Doch der hunger ließ nicht mit sich hadern.

Beiläufig erfuhr er, die route der *Bosporus* sei die direkte verbindung von *Theta* nach *Kappa*, dauere drei monate, die erste woche sei zurückgelegt. Den steward verwunderte der anhaltende erinnerungsverlust seines gastes, war aber zu beschäftigt, darauf einzugehen.

Sein gast hatte das mahl beendet, voller verlegenheit sich bedankend, fragte ihn schließlich, wo er denn einquartiert sei.

"Das werde ich wohl noch nachzuholen haben", gestand jener kleinlaut und hoffte inständig, dass nun nicht weitere fragen folgten. Unnötig, wie sich sofort zeigen sollte.

"Höchste zeit, mich ihrer anzunehmen, welches versäumnis auch", bekundete der steward. Wessen nachlässigkeit oder unterlassung er bemängelte, seinem gast erschienen die hiesigen gepflogenheiten seltsam, gespeist, ohne rechnung, ließ er sich das alles in seiner lage gerne gefallen.

Kurzum, ihm wurde der aufenthalt an bord nachträglich legitimiert, keine frage nach namen, ticket oder sich sonstig auszuweisen. Bar jeden argwohns drückte ihm der steward einen chip in die hand, "nummer 42, ihr kojenschlüssel", und erklärte ihm den weg zu seinem künftigen logis.

Einem vollendeten gastgeber gleich, verabschiedete ihn sein wohltäter, "so hoffe ich doch, ihnen behilflich gewesen zu sein. Geben sie uns mit ihrem besuch weiterhin die ehre."

Dankbarkeit erfüllte ihn für diesen diskret zuvorkommenden menschen. Ein rettungsanker auf unbekannter see, einer raumfähre im irgendwo des extraterrestrischen weltraums. Diese vorstellung und deren konsequenzen, das wollte ihm noch nicht so recht gelingen.

In den tagen darauf war die fürsorglichkeit des stewards einer gewissen zurückhaltung gewichen, möglicherweise dessen eindruck geschuldet, sein gast wäre vielleicht doch nicht recht bei verstand, ständig das gleiche mantra, die *Bosporus* sei nach *Kappa* unterwegs, nicht umgekehrt nach *Theta*. Geduld hatte schlicht ihre grenzen.

Ereignislose tage folgten. In dem speisesaal wurde unserem reisenden die anwesenheit eines ebenfalls älteren mannes vertraut, der ruhig, gelassen und unaufdringlich geschirr abräumte, dabei jedes mal höflich um erlaubnis bittend, "vous permettez?"

Auf dieser fähre unterschieden sich in haut-, haarfarben und kleidung alle von weitaus einfallsreicherer natur, als ihm von der Erde vertraut. Die gesichtsfarbe des alten herrn im restaurant hatte eine grünlichen schimmer, so wie anderen ein blauer teint bestens zu gesicht stand. Die zivile kleidung wies den alten nicht gerade aus, dem personal zugehörig zu sein, offenbar aber eine geschätzte hilfskraft.
Dann, folgenden tages, an unseren reisenden, unvermittelt die direkt gestellte frage, "vous êtes échoué sur ce bateau?" Dieser, überrascht und sprachlos, mit fragendem blick den alten anstarrend, bis jener ergänzend hinzufügte, "peut-être comme moi?"
Er nannte sich Uncle Jules. Die aushilfsarbeit sei ihm eine kurzweilige abwechslung. Der touristen gebaren, manieren zu tisch, ein offenes buch, spannend darin zu lesen, einer soziologischen feldforschung gleich. Von seinem wortkargen zuhörer erfuhr er den namen Argo.
"Gut, freund Argo, schlage vor, nach ende meines heutigen dienstes, lassen wir uns behaglich in einer der bars nieder, wie sagt man, wenn der wein eingeht, geht der mund auf."
Argo, "großartig, wie sollte ich dem widerstehen."

Sie hatten an einer langen theke platz genommen, mit rotem leder bezogene barhocker, zwei perlend schwitzende gläser bestens gekühlten weissweins in den händen. Argo fühlte sich auf anhieb heimisch, starke erinnerungen an sein bevorzugtes thekensamdi im *Divin' Duck.*

Uncle Jules hob sein glas, "auf den zufall, inspirationen des universums und der unbestimmtheiten, das ist es doch."

"Säßen wohl sonst nicht hier, sagen wir mal, zur richtigen zeit und am richtigen ort", Argo setzte sein glas nochmals ab, "das glück des augenblicks liegt im innehalten", nahm einen genüsslichen schluck, "habe mal läuten hören, wein sei des poeten heiliger geist."

Uncle Jules schmunzelte, "lautere glocken, und gut für die zirkulation der erinnerungen. Auf der Bosporus gestrandet zu sein, das hat mich von einst rastloser reisetätigkeit entbunden. Kein verlust ohne gewinn."

"Und die tätigkeit im restaurant?"

"So mache ich mich hier und da ein wenig nützlich, mein eigener souverän, so ist allerorten eine heimat zu finden."

Wie einfach könnte doch alles sein, dachte Argo, welche nonchalance eines ungebundenen weltblicks, jenseits all der konditionierungen identitärer grenzziehungen, ihm fiel ein *meme* seiner jugend ein, Marvin Gaye's *wherever I lay my hat, that's my home …*

Mochte das leise vor sich hingesummt haben, Uncle Jules antwort glich der eines gedankenlesers, "auch überall zu hause, monsieur Argos große fahrt, auf zu neuen ufern."

"Manche namen, comme le vôtre, mon cher Uncle Jules, fallen uns zu, wie schon erwähnt, die regie des zufalls. Doch an der navigation meiner *großen fahrt* hapert es ein wenig, aus dem ruder gelaufen", wechselte sogleich das thema, "in meinem logis liegt in einer schublade, gewohnter weise eine bibel erwartend, eine völlig andere lektüre, ein *reiseführer* des sternensystems *Omega24,* angeblich vierundzwanzig planeten ziehen darin ihre bahnen, mir unvorstellbar, ein solches équilibre."

"Aber so ist es! *Theta* ist der achte planet und *Kappa*, ziel der überfahrt, ist der zehnte."

"Was ist mit dem neunten planeten?"

"*Iota,* ebenso wie *Epsilon* der fünfte, beider bahnen bleiben unberechenbar, unvorhersehbare abweichungen."

"Phantomplaneten?"

"Alle anderen planeten sind astronomisch erfasst, besiedelt sind kaum die hälfte. Es gibt die theorie, im gekreisel der vielen trabanten des systems könnten einige, wie die beiden genannten, instabil zwischen paralleluniversen hin und her fluktuieren, weder hier noch dort."

"*Kappa*, unser reiseziel, erinnert mich an einen erfinder, der eine kappe für gute laune patentieren lassen wollte, wegen seiner miesen laune keine resonanz fand. Für mich wird's angelegen sein, statt in *Kappa* an land zu gehen, vorher die rückkehr in mir vertraute gegenwart zu finden."

"Bedenke nur, die vorstellung einer rückkehr zu angewohnt vertrautem bleibt trügerisch, verwoben mit der paradoxen annahme der beharrlichkeit der dinge, als fiele inzwischen vergangene zeit nur unwesentlich in betracht."

"Wem sagst du das, es gibt keine unwesentliche zeit. Eine äußerst kapriziöse dame, deren närrisches wesen uns ihre liebe ständig auf später vertröstet."

Jules hatte die gläser nachfüllen lassen. "Besser ihr nicht in die quere kommen, erst recht nicht mit befindlichkeiten angesichts unserer verluste. Es heißt zwar, keine zukunft ohne vergangenheit, da ist was dran, doch ist aus jener nicht auf künftiges zu schließen. Ein auf die logik von ursache und wirkung fixierter blick gleicht dem aus einer fensterlosen monade. Die zeit liebt nun mal den zufall, jetzt sitzen wir hier, wir hätten uns auch verpassen können", und damit hob Uncle Jules sein glas, "zufall und die bereitschaft auf vertrauen zu setzen. Schlage vor, wir duzen uns."

Im klang der gläser schwangen beider inneren monologe im hier und jetzt. Jules schickte sich an, den großen bogen zu spannen und kam zurück auf seine frage, *vous êtes échoué sur ce bateau?* "Das war ein moment mir selbst den spiegel

vorzuhalten. Komme vom planeten *Tau*, dem neunzehnten, war mit der zeit zu einem erfolgreichen reiseschriftsteller avanciert. Meinem blick öffneten sich ohne unterlass neue horizonte, ein kaleidoskop planetarer welten des systems. Ruhmesglanz schriftstellerischer tätigkeit, die verlockungen unbekannter ferne wurden meine leitsterne. "Schwierigste bedingungen der exkursionen konnten meinen arbeitseifer nicht zügeln. Was mir bis dahin zu sehen vergönnt war, touristen lasen begeistert meine berichte und träumten vom wüstenplaneten *Alpha, oder* dem eisplaneten *Omega.* Nur frage mich jetzt nicht, warum ausgerechnet ein kälteplanet namensgeber für das system unseres zentralsterns wurde." Er prostete Argo zu, "klar, das wichtigste kommt aber noch. Eines tages schiffte ich mich auf *Kappa* zur überfahrt nach *Theta* ein.   Doch dort, bei ankunft, wurde mir die einreise verwehrt. Ein neues dekret, ausreisepapiere von *Kappa* wurden verlangt, die ich nicht hatte, und *Kappa* verlangte nun entsprechende nachweise von Theta. Meine papiere von *Tau* verschlimmerten das ganze, wurde als unerwünschter *tauist* eingestuft. Mein heimatplanet hatte an der tradition unserer neutralität festgehalten, sich einem militärbündnis verweigert. Diese interplanetarische verordnung ist seitdem in kraft geblieben. Werden jemals maßnahmen der kontrolle wieder zurück genommen? So sitze ich nun seit über zwei jahren auf der *Bosporus* fest", mit einer augenzwinkernden pause, "und damit uns gestrandeten zum wohl."
Argo erwiderte dies, schwieg mit fragendem blick.
Jules, "ich erklär's dir. Angesichts des unablässigen hin und her an zwistigkeiten, zumutungen und kämpfen unter den streitenden planeten, ständigen reglementierungen, erwies sich die *Bosporus* als ein friedsames niemandsland, eine mélange ungefragten woher, wohin und warum, uns allen ist hier ein vertrauensvolles miteinander selbstverständlich. Auffallend, die auswirkungen auf die passagiere. Während der langen reisedauer entschlacken sie ihren konditionierten alltag von dessen zwängen, erstaunt und wie befreit, den aufgeklärten und freigeistigen universalbürger in sich zu entdecken. Auf keinem planeten fände das jemals duldung. Verbrüderung ist der feind des kampfes."

Argo kam seine ferne Erde in den sinn, so *geschieht nichts neues unter der sonne*, augenscheinlich auch nicht unter fremden sternen.

"Nun mein freund, das war's, sozusagen ein *trailer* zur einführung. Es liegt jetzt an dir, licht auf die blinden stellen unseres drehbuchs zu werfen. Es war dein glück, dank eines beherzten stewards konntest du nach ankunft an bord, ein blinder passagier, unbehelligt bleiben, kurzerhand hatte er dich in einer personalkabine untergebracht."

Mochte Argo sich über die natur seiner reisen im unklaren sein, und angesichts der momentanen situation war ihm die unbekümmertheit seines autodidaktischen umgangs mit der mühle abhanden gekommen, doch wie ein solches dilemma begreifbar machen, wenn er es selbst nicht versteht?

"Es ist tatsächlich so, meine reisen sind weder touristischer noch beruflicher natur", wusste schon nicht mehr weiter.

Jules ermutigte ihn, "weißt du, forschungen von dilettanten werden hier hoch geschätzt, haben was authentisches und stehen nicht im sold eines auftraggebers."

Sein vertrauen war von geduld getragen, ließ unserem reisenden zeit für einen neuen anlauf, "also, das problem meiner reisen ist die navigation, komme gleich dazu. Mein heimatplanet heißt *Erde*, der einzig bewohnte, dritter von neun, die den stern, schlicht *Sonne* genannt, umkreisen. Astronomen verorten unser sonnensystem so ziemlich an der peripherie der milchstraße. Frag' mich nicht, wie weit von hier oder in welcher richtung auch immer. Durch die raumzeit gewirbelt zu werden, ist schwerlich mit einer abgesteckten reiseroute zu vergleichen. Muss also diesen besonderen umstand näher erklären, gleicht der vertreibung aus dem paradies der beschaulichkeit des müßiggängers."

Uncle Jules nickte ermutigend.

Argo, in der hand sein weinglas betrachtend, als wärs die allem einen sinn gebende wahrsagekugel.

Er begann vom beiläufigen erwerb des kleinen mahlwerks zu erzählen, aber folgenreichen entdeckung der so gänzlich anderen funktionen einer ansonsten doch recht simplen mühlenmechanik, eine unfassbare herausforderung, "ohne

bedienungsanleitung, *learning by doing,* er mache kreative fortschritte, kombinationen verschiedenster intervalle und pausen einer kurbelkunst. Blieb dennoch spielball seltsamer scharaden der zeit. Aber wie, Jules, du schmunzelst?"
"Nein, höre gespannt zu, und genieße den wein."
Argo gönnte sich zur ermutigung einen weiteren schluck.
"Bin sicher, die abweichungen sind keine fehlfunktionen der maschine, des mahlwerks, schlicht mangelnde kenntnisse in der bedienung."
Uncle Jules gab zu bedenken, "ist das hilfreich, alles, was geschieht, nur im licht der logik, wie im fall einer maschine, von aufeinander wirkenden kräften erklären zu wollen?"
"Das hatten wir schon. Im fall meiner mühle erscheint es mir auch eher eine speziell künstlerische herausforderung zu sein. Manchmal gelingt's, einem dirigenten gleich, wenn er mit seinem repertoire präziser rhythmischer handgesten dem orchester zeigt, wo's lang geht. Hatte schon höchst erhebende momente des gelingens, bis ich hier strandete, ein unbegreiflicher irrtum, wie du sagst, ein schiffbruch."

Der barman, gerade nicht in der nähe, mit einem gast ins gespräch vertieft, das ermutigte Argo, aus der innentasche seines lodenmantels die sicher versteckte mühle seinem freund vom planeten *Tau* zu präsentieren, doch der, nur ein flüchtiger blick, hielt Argo entschieden davon ab, nun die antiquität auf der theke zu platzieren, "ich ahnte es, versteh mich nicht falsch, hier darf niemand davon erfahren, werde es dir erklären, es gilt äußerste vorsicht zu wahren."
Argo saß da, wie belämmert, die mühle, sein rechtmäßiges eigentum, kein diebesgut, was sollte das?
Jules blickte unauffällig umher, als dächte er angestrengt über etwas nach, dann mit bedächtig leiser stimme, "du bist besitzer eines *universal grinder*. Sogar eines der späteren reisemodelle *en miniature*. Außer frage, du bist eigentümer. Wie alle wissen, der kontrakt mit einen Dschinn wird nur auf gegenseitigkeit geschlossen."
Argo mockierte sich, "ei wie fein, dass niemand weiß, dass ich Rumpelstilzchen heiß."
"Lass uns einhalten", Jules hob sein glas, "danke für dein

vertrauen, war völlig richtig, erst einmal mit der geschichte hinter dem berg zu halten, auf deinem planeten warst du mit der vorsicht aus anderen gründen gut beraten. Aber hier wird jeder schnell hellhörig."

"Wenn's dir recht ist, darauf einen doppelten whiskey."

"Gute idee, bin dabei."

Eine stärkung, die Argo half, die aufgeschreckten gedanken wieder einzufangen. Eine immense herausforderung für ihn. Ausgerechnet in ferner region des sternengewimmels der milchstraße, scheint vor ort alle welt zu wissen, was es mit seiner mühle, dem sogenannten *universal grinder* auf sich habe, obendrein einen gast beherbergend, einen geist, wie den eines Dschinn.

Inzwischen, dem aufmerksamen Jules war nicht entgangen, es mochte eine der hier tätigen gesellschaftsdamen sein, die auf dem neben Argo frei gebliebenen barhocker platz nahm, dessen gedanken auf anderes gerichtet waren, denn möglicherweise eine ähnlichkeit mit der empfangsdame des patentanwaltes entdecken können, immer noch beschäftigt sein gedankenkarussel zum stehen zu bringen, so sinnierte er vor sich hin, "auf einem flohmarkt eines provinziellen städtchens, eines kleinen planeten, eines wiederum kleinen randständigen sterns, verirrt sich ein …", er wurde abrupt unterbrochen. "Warte mal", flüsterte Uncle Jules, blickte an ihm vorbei, zu der an Argos andere seite sitzenden dame und zeigte ihr mit eindeutiger geste, sie wäre unerwünscht.

Mit vollendetem takt und charme entfernte sie sich. Jules aber war's sehr ernst, "Argo, zu unser beider sicherheit auf der *Bosporus* und der deines fernen idyllischen planeten, was wir zu bereden haben, geht niemanden etwas an."

"Von wegen idyllisch."

"Dein zum glück bisher gut verborgener heimatplanet wäre einigen intergalaktischen banditen auf ihren raubzügen ein pläsierlicher rastplatz, mit vergnügen zu plündern."

"Invasion kleiner grünen männchen? Entschuldige, wirklich nicht persönlich gemeint, aber die *Erde* ist nicht wehrlos, kampfesmut, ein hohes gut, in ihren kriegen widmen sich die menschen todesverachtend dem großen schlachten."

"Unwissenheit der einen, gewinn der anderen, die ersteren zahlen und bluten dafür, sollte es im universum ausnahmen davon geben?" Argo schwieg.

Uncle Jules hielt es für geboten, das mühlenthema wieder aufzunehmen, "diese *universal grinder* wurden vor langer zeit im einvernehmen mit den Dschinn gebaut, das ist sehr lange her, aber es gibt sie noch, wechseln ihre besitzer im geheimen. Wie auch immer du daran geraten bist, es ist wichtig, das der öffentlichkeit vorzuenthalten. Weckt hier nur begehrlichkeiten."

"Eine kleine mühle als wohnsitz, wird es dem Dschinn darin nicht zu eng?"

"Er ist gestaltlos, was bedeutet da die größe des behälters? In einer verkorkten flasche gefangen gesetzt oder in einer ölfunzel verborgen, das sind märchen."

Ihm war bewusst, wie schwer es für seinen freund von der *Erde* sein musste, die wahre geschichte des *grinders* näher zu bringen, "und ein solcher geist dient naturgemäß nur einem Meister. Jeder Dschinn entscheidet selbst, wem er mit seinen diensten beiseite zu stehen bereit ist."

Argo fehlten weiterhin die worte.

"Nimmst du tatsächlich an, die kurbelei bewirke auch nur das geringste? Wenn du dir vorkommst wie ein zeitreisender am dirigentenpult, pustekuchen, zuständig ist und bleibt dein Dschinn."

Argos mangel an worten, zum glück gestaltlos, ihre häufung hatte für einen Babelbau gereicht.

"Denk nach, hat der Dschinn dich nicht immer noch gut über die runden gebracht? Hättest du eine noch so geniale symphonie gekurbelt, gezielt die *Bosporus* zu entern, erst der Dschinn hat's entschieden. Diesmal kein zufall."

"Bei meinen irrfahrten mag ich ja mehr glück als verstand haben, aber ein geist in der maschine daran beteiligt, das beistand zu nennen will mir nicht in den kopf."

"Überfordert? Vergiss deinen vordenker Cartesius. Übrigens der whiskey ist gut, bestellen wir noch einen?"

"Nur zu, Jules, danke, wie fürsorglich, die ganze geschichte in kleinen häppchen. Der mann von der *Erde* könnte ja eine

magenverstimmung bekommen."
"Genau, lach über dich selbst, macht's auch deinem Dschinn leichter."

So fanden beide langsam wieder ihr gleiches triebwerk der gedanken, nur dämmerte Argo eine neue besorgnis. Sollte der *universal grinder* in dieser region der milchstraße eine allgemeine bekanntheit genießen, sein besitz könnte also manche begehrlichkeiten wecken. Die abgeschiedenheit der *Erde* vom universellen geschehen als glücklichen umstand zu sehen mochte zutreffen, doch fragt sich, diente er dem Dschinn als unfreiwilliger helfer, von dort zu entkommen?

Zum anderen, die verschlagenheit eines, auf der *Erde,* seine macht aggressiv durchsetzende hegemon, im namen der menschheit sich anmaßend, eine flaschenpost in die tiefen des all zu schicken. Ein wolf im schafsfell, der friedfertigkeit als schwäche verachtet, von wegen, die plakette mit einem menschenpaar, er, erhobenen armes, innenhandfläche nach vorne, eine botschaft des friedens? Weist doch die maxime jenes irdischen hegemon, *erst schießen dann fragen,* auf eine ganz andere gesinnung. Sollten interplanetare konflikte in *Omega24* die gleichen ihm bekannten ursachen haben? Er schob den gedanken auf wiedervorlage.

Das gespräch beider freunde hatte manche hürden hinter sich gelassen. Nun frei für die wirklich wichtigen fragen des *daseins, soseins, wieseins, nichtseins* und anderen weisen des *seins,* ihre worte kreuzten nun unter vollen segeln in tiefsten gewässern der philosophie, mit rückenwind kraft gut gefüllter gläser, sicher und elegant umschifften sie so manche nebelbänke.
Warum kann es nicht nichts geben? Hin zum singulären, numinosen »es werde licht«, und dass die zeit nur ein fragiles ergebnis einer kosmischen asymmetrie sein könne, ansonsten wäre das universum augenblicklich wieder in sich zusammengeschnurrt, "das wäre doch schade, so haben wir wenigstens was davon, und können einander zuprosten, das ist es wert," sagte der eine, und beide waren sich einig darin, weder das *sein* bestimme das bewusstsein, noch dass

das bewußtsein das *sein* bestimme. Und somit dann Jules abschließender trinkspruch, "nicht entweder-oder, sondern sowohl-als-auch."

ein blick vom aussichtsdeck

Während seiner mittäglichen mahlzeiten gewahrte Argo eine neue zugewandtheit jenes stewards, der sich seiner so selbstlos angenommen hatte. Die freundliche distanz wich des öfteren fragen nach seinem befinden.
Argo, "dank ihnen konnte ich mich unbehelligt einleben, in ruhe zeit gewinnen. Wie sollte ich das je vergessen."
"Das höre ich gerne, zeit wofür?"
"Zur besinnung, zeit hat keinen leerlauf, ist aber auch keine bedrängnis. innehalten kann ein rettungsanker sein."
"Und es gibt die zeit, diesen wieder einzuholen. Meine guten wünsche begleiten sie in allem weiteren."
Wenn auch nur kurze gespräche, so waren sie voll geteilter ahnung, dass dies für Argo nur ein status quo auf zeit war.

Zu seinen neuen gewohnheiten gehörten besuche des ein oder anderen filmtheaters. Nicht wenige filme, die er schon kannte. Unerklärlich. Desgleichen galt auch für die bücher in einer vom steward empfohlenen privaten bibliothek eines casinobetreibers auf dem luxuriösen deck *VII*. Und was ihm klar wurde, Shakespeare, Cervantes, Lawrence Sterne oder Proust waren nicht nur welt-, sondern universalbürger.
Mit ausgeliehenen büchern zog er sich bevorzugt in den angrenzenden park zurück. reichlich bänke säumten die weniger belebten wege. Eines tages vermeinte er jene in seinen gedanken eingeschmeichelte empfangsdame des patentanwalts vorübergehen zu sehen, ehe er sich versah, war sie seinem blick schon wieder entschwunden.

Jules hatte Argo zum besuch eines der aussichtsdecks der *Bosporus* eingeladen. Eine glaskuppel überwölbte einen raum von kaum erkennbarer ausdehnung. Die beleuchtung der tische und sitzgruppen schied diese voneinander wie inseln im meer des flimmernden kalten Sternengefunkels der milchstraße. An einem von Jules reservierten inseltisch, bei einer flasche rotwein, fürs erste schweigendem genuss des ausblicks hingegeben. Unser reisender gab es bald auf, fixpunkte ihm bekannter sternbilder zu suchen. Einzig das vertraute milchige band der heimatgalaxie tröstete etwas, ein weit gefasster begriff des heimisch seins.

Am unteren rand der kuppel, sich langsam ins blickfeld schiebend, begann der grandiose auftritt eines hellbläulich leuchtenden gestirns. Gebannt folgte Argo dem schauspiel, "herrlich, ein blauer mond, für poeten wie geschaffen."

"Kein mond, ist der stern *Deneb*, riese unter riesen, einige tausend lichtjahre von *Omega24* entfernt und immer noch von unfassbarer größe. Kaum einen ort in unserer galaxie, von wo der riesenstern *Deneb* nicht zu sehen wäre. Unser zentralstern befindet sich momentan sozusagen noch unter uns. Sein licht geht leicht ins rötliche, ein zum sterben verurteilter stern, was letztlich allen bevorsteht."

"Auf der *Erde*, am nachthimmel mit bloßem auge leicht zu finden, steckt *Deneb* in den schwanzfedern des sternbilds *Schwan* und mir jetzt so dicht vor augen! Ein wunder."

"Von mir aus nenn' es nähe, mir scheint, eure sternbilder sind recht einfältige zweidimensional flächige projektionen. Raumfahrer dürften sich anhand dieser art sternenkarten hoffnungslos verirren."

"Den seefahrern haben sie gute dienste erwiesen."

"Unbenommen. Dir zur erinnerung, die navigationskünste der Dschinn werden wohl von keinem technischen fortschritt je erreichbar sein. Daher auch das interesse so mancher, wenig zimperlicher kreise, der Dschinn habhaft zu werden."

Argos gedanken, immer noch da draußen im unendlichen über ihnen, sie taten sich schwer, wieder im gegenwärtigen fuß zu fassen, er fragte sich statt dessen, ob er für hiesige zeitverhältnisse nun aus der vergangenheit oder der zukunft käme? Auch auf der Erde ranken sich im orient so manche legenden um die Dschinn, gewitzter und lebenslustiger als gesetzestreue engel. Vielleicht versehentlich auf der Erde eingewandert, und nun will einer der letzten wieder zurück, das auf seine kosten, mit welchen konsequenzen also? Uncle Jules ahnte, was ihn bewegte.

"Was immer einen *universal grinder* auf deinen planeten verschlagen haben mochte, fürchte, mit dieser rätselfrage verirren wir uns nur in wilde spekulationen."

"Und wenn dies, auf meine zeit bezogen, etwas wäre, das sich für hier erst in der zukunft ereignet hat?"

"Mein freund, halten wir ein, besinnen uns darauf, wie's hier an bord weitergehen soll."

"Ist es einem Dschinn gestattet, einen zeitreisenden ohne sein einverständnis an unbekannte orte zu entführen, mit welch' gutmeinender absicht auch immer?"

"Sie handeln niemals gegen das wohl des meisters, dem sie dienen. Sie erfüllen wünsche. Ob sie sich gelegentlich damit begnügen müssen, aus dessen gedanken mühsam wünsche auszulesen, wie kann ich das wissen? Deine kurbelei hat jedenfalls eher was autistisches an sich."

"Wo bleiben seine instruktionen an mich?"

"Er ist kein reiseleiter. Du musst dich selbst kennen lernen."

"Na, mach mal halblang. Entschuldige, nicht so gemeint."

"Ich meine deine wahren wünsche, darüber musst du dir im klaren sein. Seh's mal so, dein abstecher hierher war doch hilfreich, ein überfälliger augenöffner. Will da nicht zu tief graben, was dich auf deinen reisen so umherirren lässt, folgt möglicherweise innersten gedanken, denen du selbst nicht so recht traust. Wenn du das einsiehst, sehe ich keine bedenken, dass die rückreise gelingen wird. Dein ritual der kurbelei richtet keinen schaden an, ist vielleicht ein mantra, deiner konzentration dienlich."

"Und ich werde dich zurücklassen müssen."

"Das wissen wir von anbeginn. Wenn's mehr nicht ist, wir haben ja unsere adressen und sind nicht aus der welt."

Zur ergänzung der fast leeren flasche rotwein orderte Jules zwei zungenschmeichlerische Bourbon. Endlich fand auch sein freund von der *Erde* zurück zur gleichmut des guten wissens, dass die dinge eben so sind, wie sie sind oder nicht sind. Alles ist möglich, erhaben über singuläre divergenzen und eventualitäten. Ein letztes mal nahm Argo seinen noch nicht ganz entknäulten faden wieder auf, "stamme ich auch aus tiefster provinz, eine region am rand unserer galaxie, mag sein, rückständig, aber die *Erde* hat geistige einsichten hervorgebracht, von universaler gültigkeit. Denke an film und literatur, sogar hier auf der *Bosporus* vorzufinden, sagt uns das nichts?"

"Worauf willst du hinaus."

"Nun denn, zum beispiel:

Ohne das tor zu verlassen, kannst du das erdreich erfassen. Ohne durchs fenster zu spähen, den SINN des himmels sehen. Je weiter wir hinausgegangen, desto geringer wird unser verstehen. Die weisen wissen, ohne zu reisen, benennen, ohne zu sehen; wirken, ohne zu handeln."

"Une corne d'abondance, jamais vide", pflichtete Uncle Jules ihm bei.

ungemach kommt ungebeten

Auf den decks, plätzen und parks des fährschiffes wurde mit wandelnder indirekter beleuchtung ein tageslauf getaktet, tags mit höherer, nachts nicht dunkel, aber mit gedämpfter licht- und farbintensität. Mittags wechselte die orangegelbe stimmung ins gelblich weiße über.

"Technik einer theaterbühne", bemerkte Argo, während er mit Jules gemächlich in dem park auf *deck VII* flanierte, eingestimmt auf das plätschern des zuflusses eines kleinen teichs, "aufziehende wolken, regen, gewitter und donner wird hier wohl kaum simuliert werden."

"Jetzt übertreib nicht. Willst du nass werden? *Dancing in the rain*? Lass uns am abend nochmals das aussichtsdeck besuchen. Es gibt was zu besprechen."

So hatten sie sich ein weiteres mal im schutz der glaskuppel vor der kälte des weltalls auf einer der tischinseln bequem gemacht, mit getränken gut versorgt. Argos mitteilsamkeit kaperte anfangs ihre unterhaltung, "habe die tage reichlich müßige zeit gefunden, am liebsten auf einer der parkbänke, und stell dir vor, kaum platz genommen, da ist mir, ich säße dort schon zum ungezählten male, als befände ich mich in einer von allen sorgen befreiten zeitschleife."

"Aber doch hoffentlich nicht darin gefangen?"

"Denk an den film, den wir kürzlich gesehen haben, dieser taxifahrer Harris Charon, der nicht Harry genannt werden wollte, sein dispatcher ihn einen weiblichen fahrgast in endloser wiederholung aufnehmen lässt, Penelope, die nur Penny genannt werden wollte, ihm während der fahrt jedes mal in einem gewitter verloren ging."

"Du flüchtest vor dem, worüber ich die ganze zeit versuche mit dir zu reden, es gibt vorboten nahenden abschieds."

"Mit der tür ins haus."

"Verstehe doch, sicherlich soll uns das in dieser stunde nicht den wein vergällen. Auf deinen Dschinn."

Argo wusste wenig mit diesen worten anzufangen, "dann auf das wohl von allem."

Uncle Jules legte einen finger an den mund und zeigte nach oben. Wie gehabt, wenn auch nur am unteren horizont der *Deneb* die szenerie beherrschte, doch heute unübersehbar, ein großer unförmig bizarrer schattenriss, die milchstraße verdunkelnd, aber im unterschied zu den sternen nach ganz eigenem maß zu wandern schien.

"Du siehst den raumkreuzer *Themis*", versuchte Jules zu erklären, "hält kurs auf die *Bosporus,* habe das vertraulich erfahren und werde dir das näher erklären. Das herz dieses raumkreuzers ist eine *künstliche intelligenz,* diese KI ist die eigentliche *Themis,* ein superhirn, gilt als höchste instanz der rechtsprechung im system *Omega24.* Die *Vereinigten Planeten,* längst wieder zerstritten, hatten für diese aufgabe die *Themis* einst geschaffen, vom anbruch einer neuen zeit überzeugt. Im glauben, dass sie das gesetz vorurteilsloser handhabt, unbestechlich recht spricht, justitia nicht mehr auf einem auge blind, worin bei berufenen menschlichen richtern immer zweifel blieben. Eine ermächtigung, die ihr nicht mehr entzogen werden konnte. Angeblich verfolgt sie aber längst auch eigene ziele. Es heißt, dazu gehöre längst auch das aufspüren aller Dschinn, denen sie habhaft werden können. Ich teile diese vermutung."

"Halt ein, bitte, keine verschwörungstheorien."

"Bin mir sicher, den Dschinn wäre jegliche kooperation mit einer KI unwürdig, eine operative intelligenz, zweiwertiges denken, virtuell, ohne jede lebendig sinnliche erfahrung des werdens und vergehens."

Argo, "mir brummt des schädel. Mag doch sein, sie sucht in den Dschinn ihr alter ego?"

"Einsam ist sie, das steht fest."

"Gruselige vorstellung, so ein superhirn fände den weg zur *Erde*. Die massen neigen dazu, sich lustvoll dem mächtigen zu unterwerfen, an der seite des siegers sein, ihm huldigen, faszination des irrationalen, aller gewissenfragen entledigt, ist eine der seltsamsten blüten menschlicher sehnsüchte, aufgehen, im schwarm des *wir* sich davontragen lassen."

Angesichts dieser abschweifungen ward es Jules nicht leicht, endlich zur sache zu kommen.

"Nun hör gut zu. In knapp vier stunden wird die *Themis* an der *Bosporus* andocken. Die kommandantur ist nicht näher unterrichtet, analoge existenzen, denen die *Themis* ihre absichten wohl kaum anvertrauen würde."

"Ja aber, kann ihr niemand den stecker ziehen?"

"Bewahr dir deinen humor, wirst ihn brauchen, zumindest der gelassenheit dienlich. Fassen wir das naheliegende ins auge. Denk an die worte dieses dichters, von dem du mir erzählt hast: *Sieh nach den sternen! Gib acht auf die gassen!* Im moment sind's die niederungen der gassen, in denen vorsicht geboten ist, mein freund."

"Sie hat doch sicher ein androides bordpersonal, will ihrer mannschaft mal etwas abwechslung gönnen. Ausgang auf der *Bosporus,* bietet sich ihnen auf den vielen decks doch reichlich unterhaltung und zerstreuung."

"Sind alles androide roboter, eher auf krawall gebürstet, ein humor-chip ist ihnen sicher nicht eingebaut. Ihr landgang gliche keinem vergnügungsausflug."

Uncle Jules ließ Argo keine zeit für weitere ausflüchte, hielt zwei kinokarten in der hand, "wir müssen uns ranhalten, die vorstellung beginnt gleich. Eh ich's vergesse, der steward des speisesaals wünscht dir gutes gelingen. Um dein wohl sind mehr freunde besorgt, als du ahnst. So auch Mandrake Maharashee, der dir aus seiner privaten bibliothek mit besonderer freude bücher ausgeliehen hatte."

Unser mann von der *Erde* fühlte sich überfordert, erst das bild unbekannter bedrohung, nun zur unterhaltung für ein paar schöne stunden vergnüglich ins filmtheater? Cooler als jedes *high noon* szenario, dachte er. "Ein film, den wir gesehen haben müssen, ehe wir uns verabschieden? Eine flasche Scotch täte es doch besser."

"Ist bestimmt kein schlechter film, soll einer der beliebten importe der überregionalen vertriebe der milchstraße sein. Tue mir den gefallen. Im kino bist du unbeobachtet. Erspart dir nicht, im geeigneten moment, noch während des films, beherzt den sprung von bord zu wagen."

"Ins nimmer wiedersehen? Das auch noch ohne das ende des films zu kennen?"

"Was heißt ende? Außer im märchen, narrative verzweigen sich endlos, in einander verwobene stetige wandlungen, das einzige, das von dauer ist."

Sie hatten in ihren kinosesseln platz genommen. Zu Argos überraschung, er kannte den film, wenn auch sehr lange her, »Smoking - No Smoking«. Zwei jeweils verzweigende handlungsstränge, ausgelöst durch die banale entscheidung *eine rauchen?* oder *nicht rauchen?* So unscheinbar auch die entscheidung, die resultierenden ereignisse liegen unendlich weit auseinander. Hatte sein freund den film mit absicht ausgesucht, ein aufmunternder fingerzeig?

Auch das filmtheater war von einer glaskuppel überwölbt, rauchig matt getönt, dimmte das sternenlicht, doch wer genau hinauf blickte, auch hier erkennbar, zwar vage, der wachsende schatten des sich nähernden raumkreuzers. Der überforderte Argo blieb davon unbeeindruckt, schnell vom sog des filmgeschehens davongetragen.

Uncle Jules blickte regelmäßig auf die uhr und nach oben zur glaskuppel, bis ihm klar war, die initiative ergreifen zu müssen. Er stieß Argo sachte mit dem ellenbogen an und flüsterte, "nun mein freund ist es soweit, musst leider aus dem film zurück in die gegenwart. Unserem kreatürlichen verstand bleibt zeit ein nicht programmierbarer webstuhl." Argo unterbrach, "ein monstermaul, es schluckt alles, dann

und wann, hier oder dort, wie es ihm beliebt, verdirbt sich nicht einmal den magen. Muss mich dem wohl fügen."
"Immer noch besser, denn von der *Themis* vereinnahmt. Vertraue dich deinem Dschinn an. Adieu, mein freund."
Argo war entschlossen, den *grinder* mit einer hand fest auf ein knie gedrückt, "bis ein nächstes mal", kurbelte mit der anderen hand konzentriert autistisch abgezählte intervalle und pausen, seiner erinnerung spiegelbildlich zum sprung auf die *Bosporus*. Sein gedächtnis war darin schon recht geübt. Er sah nicht mehr, wie Jules nicht umhin kam über dieses placebo oder auch tabu zu schmunzeln.
"zumindest der konzentration dienlich. Sein Dschinn wird's schon richten."
Wie jedes mal entzogen sich die bilder der transitorischen raumzeit dem errinnerungsvermögen Argos, verwirbelnde traumsequenzen, unruhig flackernd, dann wieder zeitlupe bis zum endgültigen verharren im stillstand der zeit, wieder aufsteigend, ein flug über alle nur denkbaren euphorischen höhen sowie ängstigenden abgründe, dann langsam einem gleichbleibenden licht entgegen, materialisierung in einer neuen gegenwart.
Argo rettete sich gerne in versbrocken von Baudelaire:

»... et le temps m'engloutit minute par minute ... bois comme une pure et divine liqueur ... le feu clair qui remplit les espaces limpides ...«

Schließlich kam er auf einer parkbank wieder zu sich, eine frühe stunde der morgendämmerung, beobachtete einen parkwächter, der ruhig und gelassen mit langer stange die gaslaternen löschte.
Als dieser in seine nähe kam, ihm mit einem freundlichen "bonjour monsieur" zunickte, in seiner arbeit einen moment innehaltend, und Argo sich sagen hörte, "ihnen desgleichen, freut mich, sie zu sehen", da ging der mann schon weiter. Unser heimkehrer fühlte sich erleichtert, nun an einen ihm vertrauten ort gelangt zu sein. Auch die zeit schien ihm gewogen, eine begegnung mit hysterischen androiden blieb ihm erspart.

a long gone day recycled

Der Argo genannte, dem leser als liebhaber antiquarischer preziosen bekannt geworden, wurde, mit seiner schilderung der verunglückten vorstellung bei einem patentanwalt, vom autor allzu eilfertig engagiert. Ohne diese personalie näher geprüft zu haben, zu ahnen, wie wenig dieser Argo sich den verkettungen von ereignissen als mutiger akteur zu stellen bereit war, als müßiggänger lieber an den wegrändern des erzählens verweilte, denn sich abenteuern zu stellen.
Ein vorschlag des herausgebers Kleiner Tellerrand an den verunsicherten autor erwies sich als hilfreich, einen weniger involvierten, einen ghost-narrator hinzuzuziehen, woraufhin, wie der leser ja schon feststellen konnte, der protagonist Argo gelegentlich der eigenen erzählperspektive entbunden, diese bereitwillig der vorstellungskraft jenes schreibenden stubenhocker überlassend.

Der geschichte entscheidend dienliches, wie der abstecher zur *Bosporus,* die bekanntschaft mit Uncle Jules, hatte *dem ritter der kaffeemühle* geholfen, dort draußen, irgendwo im nirgendwo der galaxie, zu einer ersten einsicht, es nicht nur mit instrumental steuerbaren kräften zu tun zu haben.
All die im gedächtnis bewahrten notationen, sein komplex getaktetes gekurbele, von der besessenheit des künstlers beflügelt, im labyrinth seiner reisen, Ariadnes faden gleich, ein navigieren im dunklen, vermeintlicher fortschritt in der ergründung von ursache und wirkung, hatte ihn seinem ziel nur weiter entrückt. Eine placebohandlung. Der Dschinn hatte ihn gewähren lassen, so auch weiterhin, doch warum nur fragt er ihn nicht direkt nach seinen wüschen? So sollte das doch in der regel funktionieren.
Unstrittig, sein rettender schutzengel. Doch verbarg sich hinter dieser reise in das sonnensystem *Omega24* nicht ein eigenes interesse seines stummen mühlengeistes?
Unbehaglicher gedanke, so hilflos einem unsichtbaren und unberechenbarem *reiseleiter* ausgeliefert zu sein.

Vorhang auf zu unseres reisenden heiklem versuch einer rückkehr an jenen tag, da er auf dem flohmarkt seinen *grinder* erworben hatte. Welche hoffnungen setzte er darauf?

Erstaunlich, es gelang ihm sogar, zeitlich einiges früher dort anzukommen. Ein milder morgendlicher frühlingstag, gleich jenem, an dem ihm einst, nur einige stunden später, die mittagssonne hierher gelockt hatte. Die knifflige situation, sich selbst zu begegnen, galt es zu vermeiden, wenn auch anzunehmen war, die gesetze der zeit würden das sowieso zu verhindern wissen.

Der händler hatte gerade erst seinen laden geöffnet, Argo war eingetreten, gedachte in ruhe die vollgestopften regale zu inspizieren. Beruhigt spürte er den *grinder* in seinem mantel gut verwahrt. Doch mit ungestörtem herumstöbern war diesmal nichts. Dem händler schien sein besucher nicht koscher, hängte sich ihm an die fersen, wich keinen jota von seiner seite. Unter unaufhaltsamem gebrabbel belauerte er ihn, auf diese oder jene als kostbar geltende raritäten und andere seltsamkeiten unter den verstaubten gegenständen hinweisend.

Bei seinem früheren besuch war die mühle Argos eigene entdeckung. Diesmal kam es anders. Schließlich kramte der händler die kleine antiquität, den *grinder* hervor, hielt ihn stolz seinem besucher mit beiden händen entgegen, "mein werter herr, sehen sie doch nur, dies seltene, einmalig fein gearbeitete mahlwerk, ganz *en miniature,* verspricht ein quell lebenslanger freude zu werden. Empfiehlt sich ihnen, das spüre ich deutlich."

"Wie das?" wollte Argo wissen, seinen *grinder* immer noch unter seinem mantel spürend, zum verlieben gehören zwei."

"Gewiss, gewiss, nicht jeder ist des besitzes würdig. Ich bin viel herumgekommen, wissen sie, so leicht täusche ich mich nicht", er machte eine pause, blickte seinem gegenüber vielsagend in die augen, "ja, nehmen sie das wundervolle gerät doch nur mal in die hände."

Argo fühlte sich unbehaglich. War jetzt in diesem raum ein und der selbe *universal grinder* nicht doppelt vorhanden, und in der konsequenz zwei Dschinn?

"Was haben sie denn sonst noch schönes?" Damit begann er sich abzuwenden, sich anderweitig umzusehen, doch sein gegenüber stellte sich ihm in den weg, "aber nun nehmen sie schon." Hoffnungslos überrumpelt, wurde ihm die mühle in die hand gedrückt. Im gleichen augenblick, oder besser, kaum dass er wieder klar bei sinnen war, spürte er, der platz in seiner manteltasche war leer. Zum einen erleichtert, fühlte sich dennoch maßlos übertölpelt, und wie aus trotz überkam ihn eine übermütige laune. Hatte er nicht einen freien willen?

Anlass genug, sein missfallen über die aufdringlichkeit des trödlers zu quittieren und den *grinder* zurückzureichen, sich damit in aller form zu verabschieden. Eigenartigerweise gelang es nicht, sich zu derartigem handeln durchzuringen, er stand reglos, wie entgeistert nach worten ringend.

Der händler, fast fürsorglich, "sehen sie doch nur, alles ist in ordnung, die mühle hat sich entschieden. Ich weiß, was ich sage, sie sind der erwählte besitzer."

Schroff erwiderte Argo, "nehmen sie bitte zur kenntnis, der handel wird erst durch den kauf besiegelt."

"Der besitzerwechel ist unmissverständlich entschieden, da braucht's in diesem fall keine bezahlung mehr."

Argo, ausgezählt, steckte wortlos den *universal grinder* ins innere seines staubmantels, der händler begleitete ihn zur ladentür, freundlichkeit in person, und Argo, wieder gefasst, bedankte sich für das "wundervolle geschenk."

"Nichts für ungut, zuviel der ehre." Sich verneigend gab er ihm ein "carpe diem" mit auf den weg. *Always look at the bright siede of life, da dam, da dam, damta dam tadam.*

Was gäben wir darum, dieses szenario könnte der Dschinn, unser held im verborgenen, dieser *mühlengeist,* aus seiner sicher ganz anderen sicht schildern.

Während des heimwegs blieben Argos gedanken in einem zwiespalt gefangen. Hätte er nun doch noch einen preis ausgehandelt, er wäre dann im ganzen zweimal abkassiert worden! Welches gericht im universum wäre fähig, eine solche paradoxe rechtslage zu entwirren? Er erinnerte sich lebhaft an einige der momente im lagerraum, während der grinder doppelt zu existieren schien, ihm war's wie aus der zeit gefallen, verunsichert, erst wieder bei sinnen, als er den *grinder* in die manteltasche zurücksteckte. Abschluss einer inszenierung unsichtbarer regie, ein drehbuch, das in diesem fall unabänderlich keine abweichungen erlaubte.

Ein anderer gedanke begann ihn nun sogar zu amüsieren, er hatte diesmal mit einem morgendlich frühen besuch des flohmarkts vorgesorgt, aber könnte er nicht doch noch in seinem zuhause, oder schon auf dem rückweg, sich selbst begegnen? Während müßiger spaziergänge kamen ihm meist die besten einfälle. "Natürlich, warum nicht gleich", er würde sich mit dem *grinder* auf der stelle wieder in eine künftige gegenwart voraus kurbeln. Er näherte sich dem haus am park. Ohne den gedanken weiter zu verfolgen, war er intuitiv zum eingang des parks abgebogen.

Auf einer bank erleichtert platz genommen, holte er den *grinder* unter seinem staubmantel hervor, "will mal hoffen, der Dschinn ist mir treu geblieben", dachte er und hielt es für's beste, jetzt einen sichereren zeitlichen abstand ins künftige zu setzen.
Konzentriert kurbelte er wohlgesetzte intervalle, drehungen gegen und im uhrzeigersinn, dazu entsprechend exakt ausgezählte pausen. Die stille ist in der musik den noten gleichberechtigt. Alle gaukelnden unfreien gedanken fielen von ihm ab. Ihm kam John Cages komposition "4'33" in den sinn. Ob dieser auch mit einem Dschinn liiert war? Fast anzunehmen.
Nachdem sich die umgebung in neuem zeitlichen rahmen wieder materialisiert und gefestigt hatte, sah er vorsichtig um sich. Ein sommerlicher abend dämmerte.
Ein ihm vertraut erscheinender parkwächter grüßte im vorbeigehen, auffallend respektvoll, gar hochachtungsvoll seine mütze gezogen, doch unterbrach seine runde nicht.

Eingedenk einer *philosophy of repetition,* wäre der eindruck des déjà vu allzu eng gefasst, vielleicht ist die wiederholung eine immer wieder erneute manifestation des originals?

Kurze zeit später zündeten unzählige elektrische laternen gleichzeitig ihr licht, wie auf kommando letzter, zwischen den bäumen noch herüber greifende sonnenstrahlen, die in diesem moment von der dunklen häusersilhouette hinter dem park abgeschnitten wurden. Statt dessen, kurz darauf, hier und da entlang der parkwege, blitzte das kalte licht elektrischer laternen auf. Irritierend, keine gaslaternen. Das hieße, mit seiner rückkehr vom flohmarkt wohl mal wieder einen übermäßigen zeitsprung getätigt zu haben.

"Immerhin noch weit abgeschlagen hinter dem rekordhalter, meinem sprung zur *Bosporus*", das beruhigte ihn.

Dem parkwächter dürfte die neuerung ein automatisches signal seines feierabends bedeuten. Hat ja zumindest darin sein gutes, er ist nicht arbeitslos geworden, und er würde die begegnungen mit ihm doch sehr missen.

"Was mich betrifft, na ja, *falsche zeit*, so doch wenigstens *richtiger ort*", beruhigte sich Argo, stand auf und machte sich unter dem ungewohnt kalten laternenlicht langsam auf den nachhauseweg.

Nichts geht über das eigene bett, hat mal sagen hören, *im bett ist alles wett*. So waren bald die ungereimtheiten des tages vergessen, abgelöst von verklärten erinnnerungen an die *Bosporus*. Selbst an entfernten orten des universums gab es noch filmtheater. Großartig. Er dachte lange an Uncle Jules, den überlebenskünstler. Wird vorgesorgt haben, dass ihm von der *Themis* keine gefahr drohte. Argo wusste leider wenig über verhältnisse und lebensumstände in den welten von *Omega24*. Erst viel später, in gedanken an einen schon lange entbehrten besuch im *Divin' Duck,* war er wieder in näher liegende regionen abgebogen und schlief dabei ein.

Eine fußnote:
Dem lektorat des parmenides publishing verlags fällt auf, dass dieses werkes herkömmlich vertraute lebenswelt des »speakers« deutlich etliche jahrzehnte vor dem beginn dieser niederschrift liegen dürfte. Folglich ist auch mancher widersinn nicht unbedingt auf die goldwaage zu legen, misst auch diese nur quantitäten, qualitäten besitzen andere konsistenzen.

auch das noch - paralleluniversen
geht's nicht 'ne nummer kleiner?

Der tag noch jung, vom scheidenden schlaf dessen obhut anvertraut, in aufgeräumter frische, reinigenden träumen sei gedankt, deren unermüdlichem fleiss beim entrümpeln und durchlüften seines oberstübchens, nun an das fenster zum park getreten.

Sachte tasteten sich erste gedankenfäden in die tageswelt, schweifender blick über das grün der baumkronen, darüber, im fernen tiefen blau, vereinzelt wattige wolken, träge, in auflösung begriffen. Aus dem radio in der küche schwirrten Messiaens vogelgesänge durch den raum.

Er öffnete das fenster, das konzert wurde von draußen mit unzähligen stimmen der vögel in den bäumen verstärkt und zu einem teppich verwoben, schwebte mit den klängen, die sich in spiraligen wellenkreisen weit über die sphäre des planeten hinaus ausbreiteten. Das universum schien erfüllt von diesem anhaltenden lobgesang auf seine schöpfung.

Eine radiosprecherin rief ihn zurück an den futtertrog der nachrichten, marinierte hofberichte, zeugnisse der torheit regierender, seinen magen zu malträtieren, ein gewalkter hefeteig des unvermögens.

Gewählt zu sein, den herrschenden ein freibrief. Schwingen die knute der ängste, gebetsmühlenhafte wiederholungen, deren konsumierung gezielter vergiftung der meinungen gleich kam, einer kost, zu der sich nur mit abschalten des radios die distanz wahren ließ. Er ging zurück in die küche. Just in dem moment war die sprecherin schon beim wetter angelangt, was ihn diesmal aufhorchen ließ.

Das genannte datum dieses milden sommertags, es wurde mit irgendeinem neuen rekord seit der wetteraufzeichnung gedroht, auch bedeutete, sein aus dem ruder gelaufener ausflug durch die *unendlichen weiten des weltraums* hatte nur wenige tage gedauert. Widersprüche scheinen weltweit im trend. So schon gestern im park, vom schwung technischen fortschritts überrumpelt, das warme licht der gaslaternen von elektrischem ersetzt, in so kurzer zeit?

Doch was soll's, eine ungereimtheit mehr, hatte er nicht den selben park schon mit kunstrasen und androiden erlebt, die hunde gassi führten und mit untrüglichem verstand fremde als aliens zu entlarven verstanden. Und gestern schließlich, im briefkasten war die befürchtete kündigung ausgeblieben, so hat das ganze auch sein gutes.

Denkbar auch, dass unabhängige ereignisabläufe, einander überlagernd und möglicher transit zwischen ihnen, so wie durch die löcher geschnittener scheiben schweizer käses, die drunter oder drüber liegenden schichten ganz bequem als notausstiege genutzt werden könnten.

Ungeduldiges schellen an der wohnungstür rief ihn zurück, nötigte ihn zu öffnen. Ein uniformierter bote, jung, irgend jemand musste ihn ins haus gelassen haben, hielt ihm ein einschreiben hin, erwartete das quittiert zu bekommen. Zu dessen verdruß, bedächtig öffnete Argo das couvert, faltete ein schreiben auseinander, begann sorgfältig zu lesen.

Sein *identifikationsmodul* sei nicht lokalisierbar und *media-meinungs-bekundungen* würden ausbleiben, und wegen des verstoßes gegen die pflicht ständiger erreichbarkeit wäre dies nun die dritte und letzte mahnung.

Misstrauisch von dem boten beäugt, der nicht mehr an sich halten konnte, "ich mache sie darauf aufmerksam, kehre ich ohne bestätigung des empfangs zurück, mir nichts dir nichts wird man sie als unangepassten *gefährder* einstufen, kann mir nur recht sein."

Das hatte keinen guten klang, dachte Argo, quittierte den empfang, und kaum geschehen, stürzte der botenjunge die treppe hinunter, lauthals seinem frust freien lauf lassend, "die höhe, mir von einem solchen untoten zombie die zeit stehlen zu lassen, senil bis zum stillstand und läuft noch frei herum, ein schandfleck auf unseren glücklichen zeiten!"

Eine der *schönen neuen welten,* dann dürfte dieser bursche im moment unter schwerem entzug vom *Soma* leiden.

Argo, den faden unterbrochener spurensuche in scheinbar unzusammenhängendem wieder aufnehmend, ein längst gehegter verdacht nahm gestalt an. Seine *mühlenreisen* ließen ihn in paralleluniversen umherirren, das war klipp wie klar. "Doch was kümmert das meinen Dschinn", spöttelte er selbstironisch, "mir zur seite, die weltläufigkeit des wortes, die manie der abstempelei als identitäres subjekt kann mir, angesichts der inkonsistenzen dieser welt, schnuppe sein." Die wiedererlangte gelassenheit wurde erneut gestört, aber diesmal auf sanftere art.

Die kleine metallene, hohle halbkugelförmige abdeckung seines *grinders*, aus der die kurbel herausragte, gab einen hellen glockenklang von sich. Sollte das ein signal von *ihm* sein, oder vergrößerte sich nur das parlament multipler *ichs*? In stillen momenten vermeinte Argo schon mal dann und wann des Dschinns anwesenheit zu spüren, wie beim innehalten vor wichtigen entscheidungen, er vermeinte eine innere stimme zu hören, wenn er denn bereit war, diese ernsthaft zu konsultieren.

Nicht alles ließ sich durch versuch und irrtum voran bringen. Das theorem des schreibmaschine tippenden affen, der bei endlosem einhämmern auf die tasten zu guter letzt sogar *hänschen klein* oder sogar Hamlets monolog vom *sein oder nichtsein* zu papier brächte, übersah, mit dem erlöschen der letzten sterne fände dieses experiment ein vorzeitiges ende.

Nun, es war der Dschinn. Das geläute galt einzig, Argos aufmerksamkeit zu gewinnen, denn die folgende rede war kein innerer monolog.

"Meister, deinen gedanken zu folgen, ihnen auf den grund zu gehen ist schwer genug. Was du p*arallelwelten* nennst, entspräche vielleicht den vagheiten quantenphysikalischer ereignishorizonte und am wenigsten der kausalen logik des zweiwertigen denkens. Die menschliche besessenheit, seine lebenswelt zufallssicher auszugestalten, begreife ich nicht. Die alte marotte, *alles ist zahl,* digital in künstlich virtuellen realitäten, ersatzwelten, das hat kein mensch verdient."

"Entschuldige, das ist mir zu viel auf einmal."

"Meister, pflege meine verbindungen. Weise mönche aus der hohen zeit des *Chan* dürften auch dir näher stehen, hatten früh eines erkannt, die gewohnte sprache kann allzu leicht zu einer disziplinierung und einhegung der wahrnehmung führen. Mag praktisch sein. Poesie und anarchische fantasie machen dies ziemlich löchrig. Aber wem sage ich das."

Diese lange ansprache verschlug Argo die sprache. Wie alt mochte der Dschinn sein? Alt genug, einst schon dem *ritter von dem löwen* beigestanden zu haben, zu verhindern, dass nicht alles noch viel schlimmer kam. Ein gedanke, der ihm vertrauen in die eigenen irrungen zurück gab.

Schon griff der Dschinn dies auf. "Meister, der *ritter von der traurigen gestalt* beweist euch menschen die vielgestalt der von euch so bezeichneten parallelwelten. Was immer ihr für realität haltet, das wird in seinen konsequenzen immer auch folgen zeitigen."

"Frage in aller bescheidenheit, welchem umstand verdanke ich den plötzlichen sinneswandel meines Dschinn, und das mit einer derartigen beredsamkeit?"

"Meister, du warst nicht so weit. Deine letzte vorstellung bei dem antiquitätenhändler herrn Ungut fand ich demütigend."

"Herr Ungut?"

"Das ist sein name, war bei ihm gestrandet, bin froh ihm entkommen zu sein. Bleibst ein guter tausch, es besteht ja aussicht auf besserung."

"Danke für das kompliment. Darauf werde ich heute noch einen bechern, wenn du gestattest."

"Hat sich mein Meister heute redlich verdient."

absacker im »Divin' Duck«

Hatte meinen blick wieder auf die zur welt nötige distanz justiert, dogmatische wahrheiten, mit der offenheit des unwissenden, als makulatur hinter mir lassend. So gestärkt, machte ich mich auf den weg.

Divin' Duck, here I come.

Keine bangigkeit vor der allgemein wachsenden sehnsucht nach schützender ordnung. Die asymmetrie des universalen geschehens verhindert solches, freiheit und zufall bleiben gewahrt. Dagegen die vorstellung, verwandtschaften, nahen oder allerfernsten, selbst kleinste physikalische teilchen würden einander in den weiten des des universums nicht verlieren, das überstieg dann doch meinen verstand. Halte mich jetzt mal besser an das nahe.

Divin' Duck, here I come.
Meine füße in Hermes' geflügelten schuhen.
Das sophistisch konstruierte denkbild vom sack reis, der in china umfällt, auslöser für ein erdbeben in Chile sein könne, ein müdes gedankenspiel am versiegenden horizont der vorstellung eines mechanistischen uhrwerkuniversums.

Divin' Duck, here I come.
So schwebte ich über den dingen. Letzte zweifel an der existenz des Dschinn hatten sich verkrümelt, mich mit der welt versöhnt. In den stand eines irrenden *citoyen universel* erhoben, ohne ritterschlag und kein Sancho zu seite. Oder war das umgekehrt, ich der begleiter des Dschinn in dessen eigener sache, auch wenn er mich Meister nennt?

"Halt ein, wo denkst du hin. Ein rollentausch, wie sollte das funktionieren? Einem Meister zu diensten zu sein braucht eingewöhnung. So mögen die modalitäten deiner reisen hin und wieder mir noch vage bestimmbar bleiben. Werde dir das bald näher erläutern, wollen nichts überstürzen."
"Glockengeläut in meinen ohren. Vertraue dir."

"Mal so gesagt, die vorstellung eines zurück zu gewohntem, wie tiefkühlkost mal soeben aufgetaut und aufgewärmt, das ist keine prämisse für das reisen durch die raumzeiten."
"Schon gut, die zukunft ist unscharf, vergangenes schmeckt schal, wenn's mehr nicht ist", welcher übermut saß mir nur im nacken? "Aber ich danke dir, fürsorglicher Dschinn."

Hatte ihn vertraulich geduzt, meinen spiritus rector, der mir reichlich hochprozentige wahrheiten eingeschenkt hatte, die mein vorstellungsvermögen zwar überforderten, wusste wenigstens, wenn's drauf ankäme, er würde seinen Meister auch durch vier, fünf und mehr dimensionen navigieren.
Versuchte mir solche räume wie manche raffiniert gefalteten origami vorzustellen, kreiert aus einem zweidimensionalen blatt papier.

Divin' Duck, here I come.
Diesen weg fand ich alleine. Der Dschinn soll sich ja auch mal erholen dürfen.

Divin' Duck, da bin ich.
Noch früh am abend, wenige gäste anwesend, so nahm ich wie gewohnt an der theke platz. Als wäre ich erst gestern hier gewesen, vertraute blicke und nicken des barmanns, wollte mir sogleich ein pint malzigen Guinness zapfen, ich winkte rechtzeitig ab, zog heute einen doppelten Scotch auf eis vor, summte vergnüglich, *and little Sir John and the nutbrown bowl proved the strongest man at last.*
Kein erhebenderer gedankenflug als von noten getragene liedverse, prostete im stillen meinem freund Uncle Jules zu, *if the river was whisky, and I was a divin' duck, was a divin' duck.* Summte das beseelt vor mich hin, als hinter mir in atemspürbarer nähe, eine sanfte stimme flüsternd den reim aufnahm, *I'd dive to the bottom, I'd never come up, never come up.*
Blickte hilfe suchend in die tiefe meines glases, nahm einen schluck, da klingelte was, es war nicht das eis, was dann?
Auf nichts und alles gefasst drehte ich mich um.
"Bingo, Überraschung!"
"Jaaa...", mehr ließ meine sprachlosigkeit nicht zu.
Vor mir, freimütig lächelnd, die materialisierte übersinnliche, meeresschaum geborene sekretärin des patentanwaltes, in in ihrer begleitung ein blonder jüngling, blass, gruftig, wie abwesend, gleichgültig sein desinteresse bekundend.
Die in meinen ohren immer noch klingelnde *überraschung* nahm dicht neben mir platz, ihr begleiter lustlos auf dem barhocker zu ihrer anderen seite. Sie fragte ihn, was sie ihm bestellen sollte.
"Das, was der alte da trinkt", blickte dabei nicht einmal zu mir hin. Sie orderte zwei sekt und für ihren freund einen Scotch, reichte mir dann eines der sektgläser, "also, auf ein glückliches wiedersehen."
Wir stießen an, unsere blicke versuchten einander tastend zu ergründen. Und ihr gefährte? Das hieß vorsicht, frauen. Bin kein freund der komplikationen, so überflüssig, all diese

närrischen verwicklungen der emotionen, letztlich nur den verstand trübend.

"Neuigkeiten", sie unterbrach meine gedanken, "Adelbert, der patentanwalt, gilt immer noch als verschollen, die türen der kanzlei sind versiegelt."

"Interessant", flüchtete mich, mein glas konsultierend.

"Man vermutet ein verbrechen, entführung, oder so, kurz gesagt, bin nun sekretärin eines psychiaters", ein leichtes seitliches nicken zum jungen mann an ihrer seite, "einer der patienten, geld im überfluss, gleicherweise auch reichlich weltverdruss. Abgedreht, ein anregend süßer junge."

Mir wurde unbehaglich.

"Keine sorge", sie lächelte, "Alex ist pflegeleicht."

"Wie darf ich das verstehen?"

"Der gute ist überzeugt, seine unveräußerliche identität sei eine digital virtuelle. Unter unseresgleichen begibt er sich in die rolle eines der ihm unzählig möglichen *avatare,* wie er das nennt, je nach art des abenteuers oder vergnügen, so sagt er. Für mich ist er der unvergleichliche Alex."

Er musste seinen namen gehört haben, blickte nur kurz auf, zog sich unverzüglich wieder zurück, in sein ennuie.

"Sieht nicht so aus, als amüsierte er sich."

Wollte es nicht so eng sehen, jedem sein plaisierchen, hob also mein glas, beugte mich nach vorne, ihren freund wenigstens begrüßt zu haben, "dann zum wohl Alex."

Auf seine art gutmeinend, "zum wohl oldie", wandte sich sofort wieder seiner demonstrativen abwesenheit zu.

Einmal stand er auf und drängelte sich durch die inzwischen zahlreich stehenden gäste hinter uns.

"Keine sorge, muss auch mal für kleine jungs", bemerkte meine wiedererstandene Aphrodite.

"Also auch *avatare* müssen aufs klo?"

"Er ist realer, als er glaubt, kann das bestätigen. Für ihn ist das hier ein spiel, und sie, mein freund, sind ihm nur eine analoge person, pardon, vom *fährmann* vergessen."

"Unverblümt ehrlich. Ja, Charon will bezahlt werden. Habe noch nichts beiseite gelegt."

"Sie sind zu bescheiden. Ihre erfindung?"

"Ihr früherer chef könnte auskunft geben. Aber vergessen wir das. Bin als monsieur Argo bekannt."
"Auf ihrer anmeldung in der kanzlei stand damals ein ganz anderer name. Doch unter uns, mein name ist Lucy Haven, wohlgemerkt herr Argo, nicht *heaven*."
"Der himmel kann warten. Im sicheren hafen anlegen, das hat was verlockendes."
Die sektgläser waren geleert, Lucy bestellte zwei weitere, danach wechselten wir endlich zu doppelten whiskys, was mir schlichtweg lieber war. Alex saß längst wieder mit seiner teilnahmslosen miene gelassen und cool auf seinem platz.

Einen moment innehalten, die fortschreitenden stunden an der theke des *Divin' Duck* entzogen sich mehr und mehr der erinnerung, ein zirkulierendes hier und jetzt, angesichts dessen dem gedächtnis es nicht gelingt einen faden der kontinuität zu spinnen.
Dem webstuhl des zeitempfindens fehlt die präzision einer jacquardmaschiene. Der eigenen wirklichkeit mangelt es an einer verallgemeinerbaren objektivität. Gut, dass es die künste gibt, sie wissen das zu würdigen.
Kein *mein dies, mein das, bin dies, bin das*, die derart gestanzten visitenkarten, und doch nur des kaisers neue kleider. Diese wiederbegegnung trug uns eine weile stumm auf flügeln musikalischer reminiszenzen.
Die zeitlosen sphären der musik ersetzen viele worte. Im Duck schwebte nun *loook out of any window ...* über in den köpfen, Lucy blickte zu Argo, der fühlte sich ertappt, "gebe zu, meine musik."
"*Any morning, any day ...* wir verstehen uns."
Bald stellte der barmann die ganze flasche Scotch auf die theke. Bei geteilten leidenschaften kommt man sich näher. Als helden der *dime novels, boy meets girl,* dürften wir mit der subversiven unbürgerlichen chemie kaum als aspiranten romantischer schmonzetten in frage kommen.
Die deutsche sprache kennt den bourgeois, leider keinen begriff für den citoyen, den weltbürger und kosmopoliten. Auch der coole Alex, äußerlich abwesend, stille wasser, tiefe gründe, in seiner weise ein in sich ruhender freak.

Zu guter letzt am taxistand, *spaced out,* in der frischen nachtluft, adieus, küsschen, noch ungesagtes drängt zu seinem recht, bis der unverdrossen gelangweilte Alex den abschied mit ihm eigener lakonischer bemerkung würzte.

"Dann gute nacht oldie, warum nicht morgen früh einfach mal vergessen, wieder wach zu werden?"

Dieser Alex hatte es drauf, blickte ihn amüsiert an, "wäre spannend, vielleicht ist der *fährmann* auch nur ein *avatar*."

Gab mir mühe die senkrechte zu halten. Lucy schmunzelte und schubste ihren Alex in das taxi, sie hinterher, worauf ich mich langsam vortastend auf den weg durch die nächtlichen straßen aufmachte ... filmriss.

Überfällig, der ghost-narrator übernimmt jetzt die aufgabe, diese episode zu ihrem abschluss zu bringen.

Unseres sternenreisenden gedächtnis hatte sich zu dieser späten stunde längst verabschiedet. Mit einer niederschrift seiner erinnerungen an den heimweg hätte er sich in reine fiktion flüchten müssen, zerschneiden seines textes und erneutes kreatives zusammenfügen wäre dem zustand seines gedächtnisses sogar noch am glaubhaftesten nahe gekommen, aber auch geeignet, immer noch geneigte leser gänzlich zu vergraulen.

Dass außer Argo niemand mehr zu dieser nachtzeit zu fuß unterwegs war, entging seiner aufmerksamkeit, allzu sehr beschäftigt, einen schritt vor den nächsten zu setzen. Noch schwärmten taxis in alle richtungen, gelegentlich fuhr eines langsam neben ihm her, der fahrer erhoffte sich wohl einen kunden, gab's bald auf. Ein andermal begleitete ihn ein polizeilicher streifenwagen im schritttempo, bis die beamten ihr interesse an diesem seltsamen nachtwandler verloren hatten und die straßen endgültig schwiegen.

Keine nachtschwärmer, die gleich ihm schwierigkeit hatten den kurs nach hause zu halten. Stille – nur in der höhe der spärlicher werdenden straßenlaternen umschwirrten noch nachtfalter mit knisternden geräuschen das lampenlicht. Sie waren seine letzten zeugen einer belebten welt. Bis auch diese lichter in einem gefrorenen dämmer versanken, keine häuserschatten, nur ein sternenhimmel mit mond, der hing kraftlos über der stadt. Alles zeitliche war in seltsamer starre verebbt. Eine kulissenhaftigkeit des stadtraumes, auf wesentliches reduziert, linear umrissen, ansichten, in denen jegliche belebung vergessen worden war. Erstaunlich, dass er überhaupt noch boden unter den füßen spürte, bewegte Argo sich eher wie durch die labyrinthe eines ruckeligen computerspiels. Etwa jener, in manchen kneipen und bars seiner zeit als solche neben flippergeräten aufgestellten digitalen *pac-man* spielekonsolen, deren faszination er nie verstanden hatte.

Erst als er in die straße einbog, die eine längere strecke am rand des parks entlang führte, begrüßten ihn elektrische leuchten an der häuserfront der straße, so als warteten sie geduldig auf den heimkehrer.

"Das licht der gaslaternen erschien mir wärmer," murmelte er im selbstgespräch. Besser nicht, das hier und jetzt von erinnerungen ins gebet nehmen lassen, sie sind verklärend, aber auch streitlustig, und statt sich von ablenkenden eröterungen einfangen zu lassen, sagte er sich "wu-wei", den dingen ihre autonomen rechte lassend.

Auch subtilere nächtliche geräusche umgaben ihn wieder, es dürfte geregnet haben, am rinnstein, unter den gullys hörte er das gluckern der kanalisation, irgendwo hatten katzen miteinander zoff, in einem haus wurde hörbar ein fenster aus unmut über diese störung heftig geschlossen, und dann empfing ihn endlich die vertraute welt seines betagten mietshauses.

In der wohnung hatten sich keine veränderungen vollzogen. Bücherregale, kochecke, getränkevorrat, tische mit literatur und tuscheutensilien beladen, das leichthin gemachte bett, diese räume verweigerten offensichtlich, sich dem theorem der paralleluniversen zu unterwerfen.

"Privacy is my castle", dachte er, "nukleus des universums. Wenn von hier aus der nächste »big bang« sich ereignete, würde ich den glatt verschlafen."

Für den rest der nacht nahm er diesen gedanken mit in seine wohligen träume.

Sancho Pansa
und das Gleichrad   seite 89

leseempfehlungen eines herausgebers

Sollte ein mit wohlwollender aufmerksamkeit gestimmter leser gewahr werden, dass insgeheim gehegte erwartungen an dramatik und spannung unerfüllt bleiben, sein interesse abebbt, auslaufender meeresbrandung gleich, welche auch erst allmählich im sande versickert, so bittet an dieser stelle der herausgeber um nachsicht.

Eingedenk unser aller höchst verständlicher kapitulation vor den literarischen herausforderungen unseres lesens von medikamenten-beipackzetteln, an dieser stelle die bitte, die lehre aus der lektüre der *risiken und nebenwirkungen* auch hier zu beherzigen, geduld hat ihre grenzen, es lässt sich immer eine verträglichere und verdaulichere lektüre finden.

Im weiteren eine empfehlung, den unglauben, genährt und gefestigt aus der fülle unserer erfahrungen, den kritischen vorbehalt unzureichender begründbarkeit der ereignisse, ausnahmsweise hintenan zu stellen, aus freien stücken, zugunsten der merkwürdigkeiten der fabel und fiktion, sich den flügeln der inspiration anzuvertrauen und nicht weiter über den aus überzeugung herbeigewälzten *naturalistischen prüfstein* zu stolpern. Wirklichkeit findet sich in allem, sogar in diesem völlig unzuverlässigen erzählen.

Viele künstler wissen ein lied davon zu singen, schichten der wirklichkeit, zahllose zwiebelringe verweigern eindeutigkeit.

Der vermeintliche rettungsanker *Identität* gibt im treibsand der zeit keinen halt, selbsttäuschung, *was nicht sein darf,* das fremde, dem eigenen blick nicht zu verschließen.

Vom chinesischen landschaftsmaler Ni Tsan ist bekannt, auf kritik angesichts eines von ihm im alkoholrausch gemalten bildes, es sei unrealistisch, soll er erwidert haben:
"Ja, aber ein völliger mangel an ähnlichkeit ist schwer zu erreichen, das ist nicht jedem gegeben."

weitere erörterungen
Dschinn und sein Meister

"Erstaunlich, dieser verleger", bemerkt der Dschinn, "trotz des beschränkten gesichtskreises seines brunnenrands, ein solches equilibre."

"Hat sich einen wachen sinn für das naheliegende bewahrt."

"Manch naheliegendes vernachlässigt er, das mästen seines portjuchhes, und das gespür fürs massentaugliche."

"Die große menge als neue adelskaste?"

"Wandelnde zeiten kaschieren ihre widersprüche, einstige laster der adeligen, heute tugenden des schwarms."

"Interessant, was einen Dschinn alles so beschäftigt."

"Bleibt nicht aus", klingt wie ein seufzer, "deinen gedanken mittlerweile unentrinnbar vertraut, gezwungenermaßen, oft holterdiepolter, mehr als genug zu tun, doch sei versichert, wir Dschinn haken niemanden als hoffnungslos ab."

"Danke, ein trostpflaster auf meinem angekratzten ego, und war's nicht deine entscheidung, dich darauf einzulassen, sich mir anzudienen, damals auf dem flohmarkt?"

"Einen floh ins ohr gesetzt oder auch nicht, jedenfalls der alte Ungut bildete sich ein, den *grinder* von Ohnegut nur in kommission genommen zu haben, ich saß in der klemme, aber das ist eine andere geschichte."

"Sieh mal an, schatten deiner vergangenheit, und nun vom regen in die traufe geraten?"

"Meine wahl, spitz auf knopf, harte arbeit, kein Meister ist nach meinem maß. Das los eines Dschinn, das beste draus machen. Wenigstens in einer hinsicht strapazierst du mich nicht, wer denn schon, außer dir, träumt nicht davon, nach lust und laune wünsche frei haben zu dürfen?"

"Kenne ich. In märchen sind es drei, den schuldschein gibt's dann frei, der hat's dann in sich."

"Unsere übereinkunft ist frei von solcher art finten, Meister, kein vertrag mit einem gottseibeiuns."

"Manche verträge haben einen haken, im klein gedruckten gut versteckt. Mein autor hat einen mit dem Brunnenfrosch, möchte nicht wissen, wer wen da an der angel hat."

"Beide verbindet vielleicht anderes als die tantiemen."
"Du machst mich neugierig."
"Sie scheinen sich darüber eins, bist eher sand im getriebe der zeitgenössischen prediger einer besseren welt."
"Inwiefern?"
"Ja was denn, sie respektieren den müßiggänger."
"Mein Dschinn wünscht sich eher ganz das gegenteil."
"Das ist nun mal nur eine seite des deals."
Argo singt leise, "don't you let that deal go down, no, no."
"Meister, das verstehe ich als zustimmung, einsicht, doch lernfähig zu bleiben."
"Als teil des lehrstoffs im militärdienst lernte ich das tarnen. Sich in die büsche zu schlagen war mir eine gute lehre, der geborene deserteur, kein waghals. Allenfalls als leser."
"Werd's mir merken, ein mittel dich bei laune zu halten."
"Du verrätst dich, mich bei laune halten, wofür? Das größte abenteuer ist für mich ein buch in der hand, die seiten ganz nach eigenem zeitmaß umblättern, gelegentlich auch immer mal wieder zurück."
Der Dschinn, nach anfänglichem zögern, "bin naturgemäß auch ein abenteurer des geistes, der kontemplation."
"Ja bravo, sollte es mal meinem leiblichen wohlsein an den kragen gehen, dann hältst du es mit der Cheshire Cat, kein henker wäre je in der lage an ihr oder dir ein urteil zu vollstrecken. Du riskierst nichts, ich bade es aus, und du schwebst derweil allwissend, grinsend über den narreteien menschlicher unvernunft."
"Riskiere dich, Meister, bleibst meine verpflichtung, eine art unterpfand, das wiegt schwer."
"Unterpfand? Erklärungsbedürftig. Solltest du eine offene rechnung mit der *Themis* haben, eine mir unbekannte privatfehde, da hättest dich mit mir vertan."
"Wenn du meinst, ich müsste einwände haben, falsch, bin ganz auf deinem kurs, pazifistische vernunft, besser nicht denn falsch handeln. Über dich ergösse sich eine flut der häme, versuchtest du dich als autor. Als privatier bist du mir lieber, musst nicht den leibwächter spielen, und leser, die sich an deiner person stören, können ihre wut allenfalls am buch auslassen."

Hast du schon mal von China gehört?

Der indische gaukler Arun Ahimsa hatte sich im Kashmirtal einer handelskarawane angeschlossen, der langen reise nach osten, dem beschwerlichen weg durch die gebirge bis nach China.

Zu füssen einiger, von eis und schnee gekrönter, ringsumher versammelter riesenhäupter, unter diesem ewigen *dach der welt,* durch endlos auf- und absteigende täler, über enge und steile pässe, zogen mensch und tier ihre eintönige vergängliche spur.

Eines nachmittags nutzte Arun Ahimsa die früh für den tag eingelegte rast, eine wärmende sonne ermunterte ihn, sich in einer müßigen, erholsamen wanderung zu ergehen. Das lager hinter sich lassend, führte ihn sein weg entlang eines munter dahin plätschernden gebirgsbachs, der durch die hochebene mäanderte und aus einem nahen, gemächlich ansteigenden lichten waldgebiet heraustrat. Das geäst der lärchen, kiefern und einiger tannen, durchflirrenden flecken tanzenden sonnenlichts, düfte von gras und blüten, naher und ferner vogelsang, ergänzten sich zu einer alle sinne umschmeichelnden gegenwart, beflügelte die kontemplative gestimmtheit des einsam wandernden, oder hatte ihn dieser einklang mit dem atem der natur gar in eine traumwelt entführt? Das musste er wohl annehmen, als er auf eine lichtung trat, seinen augen nicht mehr trauen wollte und ungläubig stehen blieb.

Vor ihm, wie auf wolken gebettet, schwebte eine struppige ausgestreckte gestalt, regungslos, offensichtlich schlafend. Der Inder näherte sich vorsichtig dem koboldhaften etwas, andererseits recht zivil erscheinend, in grünem indischen baumwollpyjama gekleidet. Das wesen war durchaus wach, denn dieses blinzelte dem stehen gebliebenen arglos und freundlich entgegen.

Dieser brauchte offensichtlich noch zeit zu begreifen.

Jedoch statt des impulses, unbekanntes durch die brille des

argwohns zu sehen, überwog seine neugierde, schließlich stand sein name für friedfertigkeit, und trat noch näher. So wurde diese unerwartete seltsame begegnung von keinerlei mißtrauen getrübt.

Die gestalt setzte die füsse auf den boden, richtete sich auf und verneigte sich höflich vor dem ankömmling, als wär's sein gast, murmelte ein verschlafenes "willkommen."

"Ein vollendeter hausherr", dachte Arun Ahimsa, verneigte sich ebenfalls, sah in die wachen augen dieses kobolds, ein etwas breitmäuliges gesicht, eingedrückte nase, schlicht, die gutmütigkeit in person. Manche würden solches eher als ausdruck von dummheit deuten, der gaukler aber war zu welterfahren, zu gewitzt, als solchem hochmut zu verfallen.

"Ganz meinerseits", Arun Ahimsa verneigte sich ein zweites mal. Aber was hatte er vorhin gesehen?

Täuschung gehörte in seinem metier zum geschäft, darin war er gut, verstand bestens seine zuhörer in phantastische geschichten einzuwickeln, sie zwischendurch mit manchem zauber zu überraschen, doch all das beruhte auf ablenkung und trübung der aufmerksamkeit seines publikums.

"Traf ich dich nicht eben noch in der luft schwebend an?"

"Das wird schon so sein, auf diese weise krabbeln mir keine käfer und ameisen in die falten meines pyjamas, können mich somit nicht zwicken und meinen schlaf stören. Liebe meine ruhe."

"Doch wie machst du das, so ausdauernd liegen, frei über dem boden schwebend?"

"Mag sein, dass ich das mal üben musste, dann ist es mir zur gewohnheit geworden."

Arun Ahimsa ahnte, so kommt er nicht an das geheimnis, lässt er sich selber ja auch nicht gerne ausfragen. Also wechselte er das thema.

"Hast du schon mal von China gehört?"

"Wer hat nicht davon gehört? Das land, in dem es bunt bestickte pyjamas aus seide geben soll, wo man in sänften durch die straßen, parks und über plätze getragen wird, auf samtbezogenen weichen kissen ruht."

"Na, na, da kommt's wohl drauf an, wer man ist, solches glück haben nur wenige. Meine karawane zieht morgen nach China weiter, bist eingeladen mich zu begleiten."
"Oh ja, gefiele mir schon mitzukommen, muss aber erst noch meinen freund fragen."
"Wo finden wir ihn?"
"Er hat schon ja gesagt."
"Anerkennung, du hast es ganz schön hinter den ohren, doch gefällt's mir. Ich nenne mich Arun Ahimsa."
Der kobold klopfte seinen pyjama glatt und reichte dem gaukler seine hand, "und mich kannst du Sh'rat nennen. Aber wo steht deine sänfte?"
"Die karawane, mit der ich reise, lagert nicht weit emtfernt vom waldrand, für uns ein bequemer fußweg."
So wanderten beide entlang des ihnen allerlei geheimnisse zuraunenden gewässers, auf gepolstertem waldboden aus tannenadeln und weichem grünen moos, einmütig hinunter in richtung zum lager.
Der Sh'rat, "ja, mein freund hat mir viel von China erzählt."
"Solltest du dich nicht von ihm verabschieden?"
"Warum, er kommt doch mit."
Arun Ahimsa blieb verdutzt stehen und blickte um sich. Den Sh'rat amüsierte das, "keine umstände, wir müssen nicht auf ihn warten. Er zeigt sich nicht gerne."
Sie gingen schweigend weiter.
"Na ja", seufzte der gaukler im stillen, "wenn's auch ein querkopf zu sein scheint, dieser geheimnisvolle Sh'rat wäre eine bereicherung für mein programm."

Der gaukler reiste mit drei maultieren. abwechselnd zwei immer wohl bepackt, er selbst auf seinem ausdauernden ponypferd.
Kaum im lager angekommen, zauberte er für seinen neuen begleiter aus seinen requisiten sogeich einen turban hervor, was den Sh'rat gleich größer und stattlicher aussehen ließ.
Den kaufleuten mit ihrem gefolge, den söldnern und so manchen sonstigen abenteurern, war das fahrende volk der schauspieler, sänger, magier und märchenerzähler etwas sonderlich, vertrauensunwürdig, in jeder hinsicht suspekt.

Doch zerstrittene gefühle, die ängste, wie verflogen, setzten aus, kaum dass der gaukler begann seine erzähl- und sonstigen künste darzubieten, er das gebannte publikum ins zeitlose reich der fantasie entführte.
Doch anschließend, nüchtern betrachtet, waren die nicht zu den bosheiten, sittenlosigkeiten und schurkereien ihrer erzählungen auch selber fähig, unberechenbar?

Anfangs betrübte es Arun Ahimsa, dass der Sh'rat seinen schwebetrick nicht zur schau stellte. Während seiner stehgreiferzählungen döste sein begleiter neben ihm, aber rechtzeitig, zum üblich guten ende der märchen, ließ dieser ein schlichtes "wu-wei" verlauten, was zu einer besonderen heiterkeit beitrug, warteten, was der Sh'rat sonst noch zu sagen hätte, schickte zwar ein karges "vielerlei" hinterher, um sich erneut seinem nickerchen zu widmen, während der Inder erneut seinen erzählfaden aufgriff und ihn kunstvoll weitersponn.
Manche hatten den eindruck, der schlafmützige begleiter schwebte gelegentlich sogar leicht über dem boden, aber keiner erwähnte das, wollte doch niemand von den anderen ausgelacht werden.

Viele beschwerliche reisewochen vergingen. Für den Sh'rat eine reise wie im flug. Auf seinem maulesel, einem mit rückenlehne ausgestatteten sattel, widmete er sich mehr als ausgiebig seinem täglichen schlafpensum.
So trottete die karawane langsam in die ersten chinesischen provinzen. Längst genoss der Sh'rat allerseits den ruf als Sahib Wu-wei.
An einem abend, in der provinz Sechuan, befand sich ein daoistischer mönch im chinesischen publikum, das sich um Arun Ahimsa und seinen begleiter scharte und war von den sparsam pointierten anmerkungen dieses ansonsten regungslos verharrenden Sh'rat ungemein angetan.

Der mönch führte anschließend ein langes gespräch mit Arun Ahimsa. "Gerne würde ich Sahib Wu-wei meiner klostergemeinschaft vorstellen, sollte er bereit sein, mit mir zu kommen."

"Er ist mir ja sehr ans herz gewachsen, aber ewig werde ich ihn nicht mit durchfüttern können."

"Ich denke, er ist äußerst genügsam."

"Das stimmt. Er begnügt sich mit wachträumen, bekommt alles mit, hat mir ohne ein einziges wort in vielerlei hinsicht geholfen mich vom wahn allzu vorauseilender ziele zu lösen. Bin auf den punkt hellwach, liebe mein metier inniger als je zuvor, ein gewinn, den ich ihm verdanke. Die sternensaat des erzählens, wenn meine einfälle denn gut sind, wird auch ohne zutun ablenkender zaubertricks aufgehen, mehr oder weniger, schlicht gesagt, wu-wei."

"Das ist eine kluge rede, den erzähler Arun Ahimsa werde ich so in bester erinnerung behalten."

"Da ist noch was anderes. Der Sh'rat, bitte nicht irritieren lassen, er pflegt umgang mit einen unsichtbaren freund, immer in seiner nähe, ich nenn' es seine innere stimme, ihm lebendiger begleiter, mit dem er selbstgespräche führt."

"Wie doch manche wahrnehmung zu falschen urteilen führt. Einige aus ihrer karawane sagten mir, sie hielten ihn für eine schlafmütze. Dagegen das mit seiner inneren stimme freut mich, ich hatte nichts anderes erwartet."

So kam es, der Sh'rat und sein indischer gauklerfreund hatten voneinander herzlichen abschied genommen, dass er mit dem ortskundigen mönch zu mehrwöchigem fussweg aufbrach, beide diesen wie im nu zurücklegten, es hatte wohl etwas anderes seine hand im spiel, jedenfalls war der mönch überglücklich, wie schnell und behend sie am ziel eintrafen, in der südlichen provinz Kwangtung, in einem entlegenen kloster im Tsau-Tal, vom Vorsteher willkommen geheißen. Dieser, ein ehrwürdiger alter, stellte sich als pilger Lu vor. "Was bewegt meine freunde diesen langen weg zu wagen?"

"Wu wei", erwiderte der Sh'rat.

Der Vorsteher wandte sich an den mönch, "sag mir, mein freund, was hast du vorzubringen?"

"Eine eher bescheidene frage", erwiderte dieser zögerlich, "was ist der sinn des weges?"

"Vortrefflich, wie konnte ich's vergessen, höchste zeit, dass ihr beide erst einmal im refektorium eine stärkung zu euch nehmt."

Ein mönch erschien wie gerufen, entführte die beiden pilger in den speisesaal.

Die lebensgeister gewannen schnell oberhand, speise und trank linderten auch des mönchs hunger nach antworten, überschwemmten die tiefsten fragen mit einer weinseligen flut schlichten hierseins, und als der Sh'rat seinem begleiter zuprostete, entgegnete dieser, sichtlich wohl gelaunt, "ist schon verrückt, vom stolz beseelt mit dir beim Vorsteher eindruck zu machen. Soll mir eine lehre sein, hab's wohl verdient, fremde federn geben keinen schmuck."

"Verrückt heißt doch nur von hier nach da, *nichts ist mehr als ichts*. Nichts und eins ist keins und zwei macht drei, und nichts ist immer noch dabei, wu-wei."

Einen so langen gedanklichen exkurs hatte der kleine plattnasige bisher noch nie von sich gegeben.

Fast mahnend klang die leise stimme seines unsichtbaren freundes an sein ohr, "lass es gut sein, Meister. Machst du so weiter, wird dir noch die robe des magisters angetragen. Wäre dir viel zu schwer. Im pyjama reist es sich besser, machen wir uns alsbald wieder auf den weg?"

"Ich hab's nicht eilig, die leute hier gefallen mir, sitzen viel auf dem boden herum, schweigsam, zum schlafen etwas unbequem, ihre angelegenheit, dagegen, die garküchen im dorf unten sind nicht zu verachten, und Frau Wang lässt mich in ihrem garten jederzeit ausgiebig dösen, wu-wei."

Anmerkung seines unsichtbaren freundes:
Scheint unser los zu sein, dachte der Dschinn, warum nur geraten wir Dschinn immer an solche selbstgenügsamen Meister, ohne ehrgeiz für beifall und applaus, einfach nicht motiviert, dafür was zu tun, sich zu recken und zu strecken. Eingestanden, wir vermeiden somit wenigstens das eine dilemma, zum komplizen menschlicher maßlosigkeit und hybris zu werden.

ein redaktionelles nachspiel

Auf Argos bitte hatte Kleiner Tellerrand mit dem autor ein gespräch im verlag vereinbart. "Da gibt es fragen, und klärungsbedarf", wie sich ersterer am telefon ausdrückte. Eine derartige resolutheit hätte er Argo niemals zugetraut, "geht in ordnung, morgen früh im büro."

"Da ist ja unser weitgereister held", der Brunnenfrosch zu Argos begrüßung.

"Bitte kein honig", und zum autor, "die gute nachricht zum arrangement mit dem ghost-narrator, wir verstehen uns." Doch nun ließ er seinen unmut von der leine, "aber was mir zu schaffen macht, das ist die geschichte mit dem Sh'rat."

Der autor, beschwichtigend, "derartige intermezzi dienen dem leser zur erholung", vorsichtig, "auch dir, von den nicht ganz so schwindelfreien irrungen und wirrungen deiner argonautenabenteuer."

"Frage, wer schwindelt hier? Da wird eine art elementares naturwesen aus dem hut gezaubert, wortfaul, aber jede äußerung gilt als essenz der weisheit. Sage nun niemand, das sei ein alter ego zu meiner person."

"Nun ja, der Sh'rat ist ein philosophischer geist der anderen art, das ist höchst bemerkenswert", befand der autor.

Kleiner Tellerrand, "kein alter ego", und ein fragender blick zum autor, "aber steht diesem Sh'rat nicht auch ein Dschinn zur seite? So jedenfalls mein eindruck."

Argo, beide wechselweise im blick, nun aber mal halblang, so dachte er zwar, zog aber schweigen vor.

Der autor, ein neuer anlauf, "wie wir doch alle wissen, es ja von unserem Uncle Jules erfahren haben, es gibt nicht gerade wenige dieser guten geister. Und Argo, möchtest du mit verbrettertem kopf die rolle des *Einzigen*, übernehmen, ich dich womöglich jetzt *Stirner* nenne? Und die rolle des Highlanders, *Es kann nur einen geben*, stände dir ebenfalls nicht grad gut zu gesicht. Du würdest dort nicht einmal eine statistenrolle erhalten."

"Schon gut, schon gut, zeit bringt bescheid."

Autor und verleger akzeptieren das als das amen zu diesem

teil der erörterungen.

Der autor sah eine chance für nochmals grundlegenderes. "Die *universal grinder,* im *Omega24* system eine einmalige erfindung, die viele technische verbesserungen durchlaufen hatte, wie in unserer welt die schreibmaschine, bis hin zu praktischen reisemodellen, generationen von schriftstellern und anderen klugen köpfen freiräume eröffnete, besonders künstlerisch notwendige, subversive freiheiten. Doch frage ich dich Argo, sind die *grinder* tatsächlich den Dschinn eine notwendige voraussetzung für die kommunikation mit ihren Meistern? Bislang nur eine vermutung."

Argo, beruhigt, auch der autor weiß nicht alles, "hieße das, ein Dschinn könnte, wie im fall des Sh'rat, unter anderen bedingungen mit seinem Meister kooperieren?"

Der Brunnenfrosch, "wir machen uns gedanken darüber, du aber dürftest das doch am ehesten in erfahrung bringen können."

"Involviert sein heißt wenig distanz, oder zurück auf los."

Der Autor einlenkend, "belassen wir's dabei. Im kaffeesatz kann ich nicht lesen, was künftig sein wird, wohin die reise geht, wird sich zeigen."

"Vorangehen liegt mir nicht und folgen erst recht nicht. Der mantel des Odysseus wäre mir zu groß, des *Ritters von den Löwen* weltsicht stände mir besser zu gesicht."

Pause. Versöhnliche stille. Dem Brunnenfrosch gelegenheit für sein wogen glättendes schlusswort, "sind so einmütig beisammen, genehmigen wir uns jetzt was geistiges. Heute kein Scotch oder Bourbon, eine exzellente Williams Birne dürfte besiegeln, wieder über den dingen zu stehen."

Als wär's heimlich arrangiert, der ghost-narrator gesellte sich hinzu, entwaffnend freundlich, ein verschmitzter geist. "Ich sehe, das boot ankert in ruhigen gewässern, eine bis auf grund durchsichtige see, der hohe blick von wolken unverstellt, eine inspirierte runde, nicht auf dem trockenen, was wollen wir mehr, wu-wei."

So war der brunnen- und auch der burgfrieden des autors und einem seiner eigensinnigen geschöpfe gerettet.

"Auf den Sh'rat", prosteten übereinstimmend alle vier.

android app-alarm

Kaum hatten sich die verwirbelungen des raumzeit transits in eine jetztzeit eingependelt, da gaukelte vor mir ein reigen herbstlicher farbklänge, glich dem zeitraffer sich öffnender blumen, spürte im rücken die stabile lehne einer parkbank, und wie zur krönung eines gelungenen empfangs, auf der wiese vor mir die vision eines bücheregals, die sich leider verflüchtigte. "Meister, will nicht übertreiben", die stimme des Dschinn in meinem wieder geerdeten bewußtsein, "aber in deiner manteltasche ein buch, zur eingewöhnung."

Und siehe da, ich zog »Die Argonauten des Pazifik« hervor. Aber wie viele male suchte ich schon eine in dem buch vermisste auskunft, unmöglich, das überlesen zu haben, hatte längst begonnen, zwischen den zeilen rätselnd, das doch irgendwie zu enträtseln, wie denn diese gegenläufig zirkulierenden tauschwege der halsketten und armreifen, des *Kula,* entstanden sein könnten, der kreislauf über so große entfernungen unter den beteiligten inselwelten des Pazifischen Ozeans überhaupt geschlossen werden konnte. Obendrein ja keine handelsware, die getauscht wurde, nie bleibender persönlicher besitz, immer weitergereicht, mit legendären geschichten aufgeladene einzelne prachtstücke, kult, "wie die britischen kronjuwelen", so ein vergleich des autors und ethnologen.

Nach reichlich versonnener zeit stiller lektüre wurde ich von übermütig sich nähernden fröhlichen kinderstimmen in die gegenwärtigen realitäten zurückgeholt und legte das buch beiseite.
Von zwei erwachsenen begleitet, wohl ein klassenausflug, schwärmten kinder über die wiese, in alle richtungen, einige umkreisten aufgeregt eine nahe baumgruppe, blickten dabei angestrengt auf kleine handgeräte, diese ohne unterlass in verschiedenste richtungen haltend.
"Erste", rief ein mädchen, "dies ist eine *Roteiche.*"

"Neeee, das ist eine *Färber-Eiche*", korrigierte ein anderes. Verblüffend, welche detaillierten botanischen kenntnisse hier verkündet wurden, waren sich beide zwar uneins, und dann ein kleiner junge, ganz dicht vor dem betreffenden baum, der voller stolz verkündete, "ihr dummen gänse, das nennt sich *borke*."

Ein anderes kind, "dort steht eine elektrische laterne", hielt sein gerät in deren richtung, nahe der ich auf der parkbank saß. Dem folgte lautes geschrei von der wiese, "Sofie ist in einen hundehaufen getreten!" Einer der beaufsichtigenden erwachsenen kam hinzu.

"Sofie, du träumst gerne, wissen wir. Besser aufpassen, mit dem *android* umsichtiger scannen, nicht nur in die wolken gucken."

"Sie scheinen sich bestens zu amüsieren", eine stimme, mir seltsam vertraut. Von rechter seite des weges war ein parkwächter näher gekommen. Müßig, mich zu fragen, wie tatsächlich vertraut er mir war oder auch nicht. Von dieser art déjà vu hatte ich mich längst verabschiedet.

"Weiß nicht so recht", ich zögerte, "etwas eigenartig schon. Bin erstaunt, mit welchen fachkenntnissen die kinder zum teil aufwarten, abgesehen von baumstämmen, laternen und hundehaufen, fehlte nur noch, sie würden die flora mit lateinischen namen klassifizieren."

"Könnten sie, diese auszusprechen, daran wird's den kleinen bestimmt noch hapern. Sie üben sich in raumorientierung und gegenstandserkennung, wie sie sehen, noch ziemlich unbeholfen, aber früh übt sich."

"Befleißigen sich heute alle dieser seltsamen methode?"

"Das ist usus, zu meiner schulzeit zum glück noch nicht, bin heutzutage ganz froh, davon unbehelligt zu sein, und meine tätigkeit hier im park erlaubt mir mich rauszuhalten. Doch ist dies leider keine mode, das ist die neue lebensrealität. Wer in ihr aufwächst und künftig bestehen will, dem bleibt nur mithalten, ohne wenn und aber."

"Mir ist klar, ihnen behagt das weniger."

"Sagte ich ja. Erblickte das neben ihnen liegende buch, erst das hat mich ermutigt sie anzusprechen, hätte ich sonst

nicht gewagt. Man muss ja auf der hut sein."
"Willkommen, erst recht erfreut, mit parkwächtern stehe ich traditionell in vertrautem einvernehmen."
"Wissen sie, mein job ist teil der folklore, ein park ohne uniformierten wächter gäbe ein unvollständiges bild. Auch die neue zeit pflegt ihre sentimentalitäten, artenschutz, für mich ein bisschen wie eine kreatur im zoogehege."
"Hätte nichts einzuwenden, die besucher würden uns ein paar sandwiches rüber reichen."
"Diese zeiten bekümmern sie ebenfalls nicht, so scheint's mir. Wie immer sie das schaffen und sich leisten können, ich bin auf meine weise geschützt, ein unbeschriebenes blatt in den staatlichen *profil-archiven*. Mein beruf zahlt sich mehr aus als je zu erträumen war. Unschätzbare privatheit und kann's ihnen ja jetzt gestehen, heimlich lesen zu können."

Nun hatten sich einige kinder in unserer unmittelbaren nähe eingefunden. Der parkwächter, "keine sorge, in den geräten der kleinen ist der modus der gesichtserkennung noch nicht freigeschaltet."
Wollte fragen, was das nun wieder bedeutete, als einer der lehrer hinzukam und alle aufrief, sich dort zu sammeln.
"Nun kinder, ich hoffe, das gedächtnis eurer *android-apps* hat euch den park und die natur etwas vertraut gemacht, euch sicher navigiert, außer unserer verträumten Sofie, die nun aber hoffentlich auch was dazu gelernt hat."
"Oh nein, lassen wir's für den moment gut sein", flüsterte der wächter, klang diesmal doch besorgt, "der mann ist ein *konditionierungsassistent.* Ich verziehe mich besser mal und rate ihnen ebenfalls das weite zu suchen. Bis ein andermal und viel glück."
Damit nahm er seine runde wieder auf, ohne hast, einem parkwächter gemäß, gemächlich schlendernd, ohne mich eines weiteren blickes zu würdigen.

Ein schüler kam vorsichtig näher, und eh ich's begriff, seine neugierde galt dem buch. Es war mir nicht mehr möglich dieses an mich zu nehmen und zu verbergen. Der junge beachtete mich ohnehin nicht, hatte im nu das buch gegriffen, trat zurück und wischte mit seinem daumen über den umschlag mit dem foto eines unter segel gesetzten und bemannten hochseekanus, bis dies kind urplötzlich in ein entsetzliches gegreine ausbrach.

Der *konditionierungsassistent* eilte hinzu.

"Das funktioniert nicht", schrie der kleine junge, es war derjenige, der die borke eines baumstamms entdeckt hatte, wäre, bei starren auf sein handgerät, sonst wohl gegen ihn gerannt.

Der lehrerperson war's wohl befremdlich, hier ein buch zu erblicken, richtete umgehend sein handgerät auf mich.

"Halten sie ein", rief ich, "die höflichkeit gebietet zumindest zu fragen, ob sie mich fotografieren dürfen."

Er starrte mich wie blöd an, dann auf sein gerät, schließlich panisch, völlig aufgebracht, "kinder, haltet abstand, diese person ist nicht registriert!"

Sein entsetzter blick entspannte sich leicht, da ich so gar nichts bedrohliches gegen ihn im sinn hatte als weiterhin ruhig da zu sitzen.

"Alles im griff, bleibt ganz ruhig und bei mir", verkündete er lehrerhaft bestimmt, "der automatische *entsorgungsalarm* wurde ausgelöst."

Eine lehrerin kam mit weiteren kindern hinzu, woraufhin ihr kollege sich voller stolz und wichtigkeit vor dem erweiterten auditorium postierte, "euch allen, nun unseren ausflug wunderbar abschließend, ein höhepunkt. Ein praktisches beispiel, geeignet, euch den würdigen ernst eurer schulung zu zeigen, der beste schutz für's richtige leben. Das gilt auch für unsere Sofie. Ja, wo steckst du denn, Sofie?"

Sein blick wanderte nach links und rechts über die wiese hin, "Sofie, was fällt dir ein?"

"Hier bin ich doch", sagte das mädchen schüchtern und leise, hatte sie doch die ganze zeit hinter ihm gestanden, versuchte einen blick auf das buch zu erhaschen, das der lehrer fest in einer hand hielt, in der anderen sein gerät vor der nase. Seine kollegin wollte etwas beschwichtigendes sagen, doch in dem moment rief er triumphierend aus, "sie kommen! Sind schon am eingang es parks. Kinder, jetzt

machen wir ihnen den weg frei."
Völlig aus dem häuschen, der held des tages. Das buch fiel zu boden. Sophie, in der ihr eigenen geistesgegenwart versteckte es kurzentschlossen unter ihrer jacke.

"Ich übernehme", der Dschinn zeigte sich besorgt, "dies ist kein spaß mehr." Schade, wie gerne hätte ich den weiteren verlauf dieser lehrstunde zivilen gehorsams miterlebt, der gewöhnung an eine unsichtbare elektronische handfessel, wie sollte ich das anders bezeichnen?
Das buch war ich zwar los, vielleicht sogar in den richtigen händen, sollte Sophie es behalten können. Doch so wie der lehrer sie unablässig auf dem kieker hatte?
Sollte aber das buch künftig den *entsorgungsspezialisten* als indiz einer aufzuklärenden verschwörung herhalten, sein weiteres dasein in einer verstaubten reservatenkammer fristend, bliebe immer noch die hoffnung, jemand würde es in noch späteren zeiten mal wagen, heimlich darin zu lesen, vorausgesetzt, die reduzierung des denkens auf ikonische zeichen, rudimentäre sprachkürzel und techniken virtueller kommunikation lassen die fähigkeit herkömmlichen lesens nicht für alle zukunft rettungslos verkümmern.

Was vorhersehbar scheint, auf lange sicht kommt's doch anders. Die flüchtigkeit sich ablösender glücksversprechen, bequemlichkeiten fördernd, die menge an unsichtbarer leine vorgeführt, in den virtuellen welten könnten neue kräfte ihre chance ergreifen, *Ach wie gut, dass niemand weiß ...* mummenschanz digitaler machtergreifung, nachtgesichtiger spuk.
In der raumzeit des transit verblassen all diese fragen zu randnotizen verwehter zeitalter.
Von einem sich beschleunigenden strudel mit- und hinab gerissen, auf dem boden des vortex, in zeitlosem stillstand, zivilisationen im subatomaren vakuum zerkrümelt, da selbst universelle gegenstände wie korkenzieher und dosenöffner nicht verschont bleiben, wer hätte sich ihrer denn noch bedienen wollen? Katzen werden das hoffentlich rechtzeitig auch als eines ihrer existentiellen probleme erkennen.

kosmos des »*Divin' Duck*«

Nach abklingen der turbulenzen meiner reisemodalitäten, ob rückkehr, vorauskehr oder einkehr, das galt es jedes mal erneut herauszufinden. Hilfestellung des Dschinn, eine mir zugesteckte lektüre, "zur erdung in neuer umgebung", so seine worte.

Blinzelte, des hellen tageslicht wegen, richtete meine brille, saß alleine und ungestört in der sitzecke eines bistros, auf einer weichen lederbezogenen bank, an einem tisch seitlich eines breiten hellen fensters zur straße. Des Dschinn guter rat zur eingewöhnung, in den händen seine aufgeschlagene lesegabe, »An der Zeitmauer«.

Ich lese, "das gilt, wie für Farben, auch für die Zeit. Und immer wieder werden sich Menschen finden, die die Qualität der Zeit für wichtiger halten als ihre Messbarkeit. Jeder weiß es im Grund."

Während diese worte ins nachsinnen einsickerten, nahrung der fantasie, ruhte mein blick absichtslos auf dem fenster. Das warme licht eines sonnigen vorabends, große lettern klebten auf der fensterscheibe, buchstaben »i v i«, rechts daneben ein spiegelverkehrtes kapitales »D«.

Hätte mich umdrehen müssen, wollte ich alles lesen, was sich erübrigte, es gab kein vertun, ich saß in der cafeteria des *Divin' Duck* und der beweis, in der tiefe des raums, in schläfrigem unwirklichem zwielicht zwischen ausklingendem tag und frühem abend, entdeckte ich die vertraute, noch verwaiste bartheke.

Eine serviererin hatte mich entdeckt, kam beflissentlich an meinen tisch, "entschuldigen der herr, habe sie gar nicht kommen sehen. Sie hätten doch nur rufen brauchen."

"Danke, war mir ganz recht so, werde sowieso bald an die bar hinüberwechseln, wenn's nicht noch zu früh ist."

"Meine kollegen bereiten sich langsam auf erste gäste vor, also, nicht zögern, you're welcome."

Ein gelungener einfall des Dschinn, wir gewöhnen einander, steckte die lektüre vorerst ein und wechselte hinüber an die bar. Das dezente lampenlicht über dem langen bartresen, hatte mich schnell von der tageshelle angenehm entwöhnt. Selige gelassenheit.

Was Popeye eine dose spinat, mir war's der erste schluck Guinness, dehnte den gedankenmuskel, und erste hilfe für dehydrierte lebensgeister.

Ich trank auf die unschärferelationen meiner zeitrechnung, nicht mehr synchronisierbare quantensprünge wechselnder gegenwarten. Warum mich jetzt des datums vergewissern, oder, weil diskreter, gar nach einer tageszeitung zu fragen?

Im park ließe sich der papierkorb, oft neben den bänken stehend, unauffällig konsultieren, war nie meine sache und das letzte, was mir im *Duck* in den sinn käme. Doch der trilliardär Dagobert D. Hat immerhin auf diese weise seinen reichtum gemehrt, abonniert auf zeitungen im papierkorb, kostenloses studium der börsenkurse. Doch wer nichts hat, hat nichts zu mehren, thront der teufel leidenschaftlich gern auf möglichst größtem haufen, erfolg ist oft anrüchig, und so schart sich beizeiten die ihm genehme höllenbrut um ihn.

Der aufmerksame barmann hatte mir, gut abgepasst, ein zweites pint gezapft, stellte diesmal einen doppelten Scotch auf eis daneben. Ein wortlose kommunikation.

Immer noch wenige gäste. Doch nur einige hocker weiter, ein redseliger älterer herr, ein geduldiger barkeeper sein zuhörer, seine pflicht gegenüber einsamen stammkunden beherzigend, zu tun gab's eh noch nicht viel.

Ließ meine lektüre stecken, mitzuhören drängte sich mir einfach auf, neugierde kam zu ihrem recht. Irgendetwas aufmerksamkeit kaperndes musste in der welt passiert sein, immer rechtzeitig, bevor der menge langeweile aufkommt, gar deren nachdenklichkeit einsetzen könnte. Viele, in ihrer blase geborgenen politiker, hätten dann um ihre legitimation zu fürchten. So lauschte ich, was da besonderes verhandelt wurde.

"Also", fuhr dieser alte fort, "eines zeichnet kriegszeiten

aus, optimistische nachrichten sollen den anschein geben, es lohne sich in krieg zu investieren. Die Kriegswirtschaft brummt. Für diese segenswerte sache müssen allerdings andere an der front mit ihrem blut bezahlen."

"Wie bescheuert auch. Mir kommt hier niemand rein, mit klimpernden ablassbüchsen gäste belästigen, winterhilfe für soldaten an der front, oder deren witwen, solidarität als ruhepolster für den schlaf der regierenden, die dem ganzen besser einhalt geben sollten."

Der alte nickte zustimmend.

Ein sitznachbar des alten, "richtig, in friedenszeiten werden wir statt dessen mit schlechten nachrichten überfüttert. Ebenfalls ein angriff auf unsere gesundheit."

Der alte, "mit unverträglichem genudelt, hauptsache wir alten säcke geben den löffel schneller ab", kippte mit einem schluck das halbe glas, war bestens in fahrt, "zweckmäßige entsorgung, ausgemustert, eingestuft als *ausgelebt*, früher verdienterweise rentner oder pensionär genannt."

Er stand unter vollen segeln, mit der piratenflagge gegen ein verwaltetes leben, "kriege entsorgen einfach effektiver, Die menschheit ist so versessen darauf sich zu dezimieren, und jeder denkt, es träfe immer nur andere."

Die geduld des barmanns, sich seinem stammgast länger zu widmen, schien erschöpft, "nicht zu vergessen, hier erst einmal ein frisches dunkles, die stimmung erhellendes, geht auf's haus, das nächste schreib's dir in kreide."

Während ich das verfolgte, vermied ich in jene richtung zu blicken, nur bitte nicht einbezogen werden. Dennoch war dem alten meine zuhörerschaft nicht entgangen, er blickte verstohlen zu mir herüber. Ließ mir nichts anmerken. Ein rentner, der durchblicken ließ, dass er sich als solcher fast schuldig fühlte, was für zeiten! Schien mir ein viel früher begonnener prozess, das soziale leben wurde stetig seiner privatheit entkernt. Gedanken Ortega Y Gassets vor augen. So zeitigt die als fortschritt gepriesene sozialisation immer hilflosere massen politisch gegängelter, strampelnd im rad des konsums, kein häuslicher ort des bei-sich-seins ist noch geduldet, die sphäre des privaten bleibt unbehaust. Und in sozialen digitalen medien wurde der gläserne mensch aus der taufe gehoben.

Der pub füllte sich nach und nach, gäste an stehtischen, auch wenn neben mir an der bar noch plätze frei waren, die sich verdichtende wortreiche umgebung rückte alles, wie in watte verpackt, für mich in eine unbestimmte ferne. In den unendlichen leerräumen zwischen gestirnen ist mir keine wesentlich größere einsamkeit denkbar, als im dichten gedränge der eigenen spezies, entropisch anwachsendes gewusel, ohne wirkliche nähe.

"Noch ein Guinness?" wollte der barmann wissen.
"Bleibe jetzt beim Scotch, einen doppelten bitte."
Wie aus den off meines thekensamadhi, "der geht auf mich, und für mich das gleiche."
Kein traum, ein heiterer himmel hatte sich aufgetan, und so dicht hinter mir, diese sanfte stimme, glockenblumengeläut in meinen ohren, "überraschung", sie setzte sich, "und wie es sich so fügt, bingo, das hat doch was."
"Die freude ist ganz auf meiner seite, der hafen kommt zur rechten zeit zum boot auf offener see."
"Hat mein freund schwierigkeiten im außendienst?"
"Ganz im gegenteil, kann über abwechslung nicht klagen. Übrigens gute idee diesmal den sekt auszulassen."

Derweil der barkeeper die gläser Scotch zubereitete, das klirren des zerspringenden eises, welch eine musik, "bitte lassen sie die flasche hier stehen", bat Lucy, "nur ab und zu eine schale mit frischem eis."
Ihre fast gesungene order beflügelte den mann, und stolz präsentierte er uns eine volle flasche mit honorigem etikett. Dabei lenkte mich ein gedanke ab, überreizte fantasie?
In coolen western, da gibt ein fremder im saloon solchem anliegen gerne mit - *nicht doch, mein freund, die flasche bleibt hier!* - dem deutlich nachdruck, eine hand dicht am hüftgürtel, noch vom mantel verborgen, das pistolenhalfter. Der keeper verzieht sich, die flasche dem gast überlassend, notwendiges zielwasser, für den von allen anwesenden mit

steigender spannung erwarteten zoff.

Oder trieb der Dschinn mit mir einen schabernack?

"Wir haben doch wohl keinen showdown im sinn", platzte es aus mir heraus.

"Wo bist du nur in gedanken, lieber Argo, das *Divin' Duck* ist doch kein western saloon. Aber nun hör mir zu."

Ein prüfender, ungewohnt ernster blick, "sag's dir lieber gleich, mein Alex ist nicht mehr. So heißt es offiziell. Mich bekümmert's seit tagen, finde keinen trost."

Schweigend leerten wir beide unsere gläser.

Ich, "diesen einen trost teile ich gerne mit dir, wenn's dich aber erleichtert, dann red' schon."

Statt dessen beförderte sie aus ihrer westentasche den zerknitterten ausdruck einer pressenotiz zutage, und reichte ihn mir wortlos. Da war zu lesen:

» Bangkok (...) Auf der Suche nach einem besseren Handy-Signal ist ein ausländischer Student zu Tode gestürzt. Er fiel während eines Online-Spiels vom Balkon eines Hotels. Er war der Favorit eines Turniers. Im Hotel wollte er noch eine Runde mit Freunden weiterspielen. Nach deren Angaben ging er auf den Balkon, weil sein Smartphone nur noch schlechten Empfang hatte. Plötzlich bewegte sich in dem Online-Spiel sein Charakter nicht mehr. Als die Freunde nachsahen, stellten sie fest, dass er vom Balkon gestürzt war.«

Lucy ließ mir zeit. Ihren fragenden blick wandte sie nicht von mir ab, schließlich, "mein Alex war der ungeschlagene favorit. Seine leiche wurde bis heute nicht gefunden. Vielleicht hat er etwas gegen die schwerkraft entdeckt. Im freien weltraum soll es sie auch nicht geben. Ist also relativ, das mit der schwerkraft, guck dir die vögel an."

"Was ich von Alex nur in flüchtiger erinnerung habe, was ich eigenartig fand, seine überzeugung, unter uns sei er nur ein avatar. Was hat das nun alles zu bedeuten?"

"War vielleicht wirklich nur ein gast in unserer welt."

"Sind wir doch alle."

"In seiner welt war er champion, was wissen wir schon."

Ich ahnte, die gesetze der physik waren Lucy wohl genauso

frei auslegbar wie die der liebe. Sie hätte ohne frage eine gute quantenpysikerin werden können. Ich versiegelte diese gedanken. "Lucy, wo du recht hast hast du recht, steht außer frage, alles ist möglich, doch gestehe ich meine zweifel, ob sich wirklich alles einzig in der uns gewohnten zeit abspielt, oder ob es nicht doch eine ganze reihe von duplikaten unserer wirklichkeit gibt, in denen manches einfach nur einen anderen verlauf nimmt."

"Du drückst dich manchmal seltsam aus, so war's schon im büro des patentanwaltes. Hab mich daran gewöhnt, meine schwäche für ausgeflippte typen, so wie auch für Alex."

"Danke für's kompliment. Verstehe das zu würdigen."

"Alex, da bin mir sicher, er lebt. Ich muss das nur beweisen. Er war ja ein von wohlhabenheit verwöhnter patient meines chefs, dem professor Dr. Dinglich. Der wurde auch mit dem unglück meines freundes in verbindung gebraucht."

"Ein naheliegender verdacht, könnte sich an ihm bereichert haben. Die klinik wurde wohl geschlossen?"

"Argo, wie kannst du das wissen? So ungefähr. Er hat mich vorübergehend beurlaubt. *Will dich aus der schusslinie nehmen, bis gras darüber gewachsen ist.*"

"Du hast ein faible für chefs, die in bredouille geraten."

War ich jetzt in die rolle eines Sam Spade gerutscht, mit messerscharfen intuitionen begabt? Versuchte umgehend zu beschwichtigen und abzulenken, "ist der gang der dinge. *Nichts und eins ist keins, und zwei macht drei, das nichts ist immer noch dabei. Das einmal eins der eventualitäten und wiederholungen.*" Warum nur zitierte ich den Sh'rat? Schleunigst was anderes, "nehme an, du suchst mal wieder einen neuen job."

"Ins schwarze, du hellseher. Überlege, ob ich so lange im *Divin' Duck* an einigen tagen im tagesdienst tischservice übernehme. Der barkeeper, der uns bedient, sagt, sein chef wäre damit grundsätzlich einverstanden."

"Übrigens, bei meiner zu frühen ankunft heute, habe ich erstmals an einem der fenstertische gesessen, in aller ruhe gelesen."

"Was du nicht sagst. Hätte also einen stammkunden sicher",

erstmals lächelte sie wieder, "einer mit dem ich zumindest auch die ganze geschichte von beginn an teilen kann."

Sie war dabei die gläser nachzufüllen, "dann auf uns beide. Da wir bei privatem sind, was ist mit dem aussendienst, in dem du ständig unterwegs bist? Gelangweilten hausfrauen kaffeemaschinen oder staubsauger vorführen?"

"Einfach erklärt, ein vermessungsdienst. weltweit zeitzonen überprüfen, verschiebungen, sonnenwinde, abreibungen der erdachse, dem klimawandel auf die spur kommen, bis hin zu dunklen machenschaften schwarzer löcher. Alles in allem, dem fachmann gar nicht so mysteriöse phänomene, wie es klingt."

"Wie undankbar, die firma lässt einen solchen spezialisten einfach auf harten parkbänken übernachten?"

"Jetzt übertreibst du. Sicher, das talent zum müßiggang ist eine wichtige voraussetzung, was gepflegt werden muss."

"Glück mit jobs und chefs ist wie bingo."

Das richtige stichwort.

Nun philosophierten wir über glück, ein weites feld, sollte es gar ein menschenrecht sein, nur, wo denn dann einklagbar?

"Ja, die liebe", erklärte Lucy schließlich, die sich mehr ans praktische hielt, "sie ist das einzige, worüber wir frei verfügen. Ist doch wenigstens etwas, verstehst du?"

Wir verstanden uns tatsächlich bestens.

Unsere gedanken schwärmten wieder aus, unermüdlich wie die bienen auf der suche nach stillendem nektar, so viele regionen menschlicher eigenarten, unarten, redensarten, lebensarten, wetter- und sternwarten, gegenwarten, insbesonders unmittelbar auffallend, die sich unaufhaltsam leerende flasche Scotch.

Der barkeeper machte uns darauf aufmerksam, hätte die feierabendglocke längst zum dritten mal angeschlagen, und wir rührten uns immer noch nicht. Also waren wir so gnädig und zahlten.

Draußen, unschlüssig, von der frischen luft wie betäubt.

Sie blickte mich fragend an.

"Zu dir oder zu mir?"

"Du zu dir, ich zu mir", erwiderte ich leicht verlegen.

"Der müßiggänger auf seine kalte parkbank, sogar nachts, das will ich sehen, lass ich mir nicht entgehen", lachte amüsiert, hakte sich bei mir ein und erwartete tatsächlich, dass ich die richtung angab, loszuziehen.

Ich bewegte mich nicht.

"Also besser doch ein taxi", resümierte sie.

Entschlossen winkte sie eins heran, schob mich auf den rücksitz, setzte sich dazu, nannte eine adresse, ein straßenname, der nicht nach parknähe klang, wo sie mich vielleicht doch hätte absetzen wollen. Mir war's inzwischen so lieber. Hab's auch nicht bereut, sie hat mich überzeugt.

Ich begann zu verstehen, warum Lucy schwerkraft und magnetismus als keine ausschließliche angelegenheit der physik zu akzeptieren bereit ist.

Natürlich wünschte ich ihr, den verbleib ihres geliebten Alex ausfindig zu machen. Das zutreffende paralleluniversum zu finden, gleicht wohl eher der suche nach einer nadel im heuhaufen. Zum glück habe ich auf meinen reisen selbst nie was gesucht.

"Das denkst aber nur du", mischte sich der Dschinn ein, "ihr alle sucht unerfüllbares, das nur zur richtigstellung."

"Ja, bravo", dachte ich, "sehr hilfreich, was immer mir durch den kopf geht oder je ging, ungebeten und eigenmächtig gewichtest alles auf deine art." Ein gewisser groll war in mir aufgestiegen.

Das wollte er wohl nicht auf sich sitzen lassen, "My friend, I'm here for your best, sure, all bets are off. Und vielleicht kann ich ja künftig sogar im fall des vermissten Alex zur aufklärung beitragen."

Ausgerechnet Alex, "aber als avatar mich in ein online-spiel beamen zu lassen, werde ich nicht mitmachen."

"Schon gut."

Mir war's für den moment naheliegender, des göttlichen geleits zu gedenken, des mir Lucy in ihren sicheren hafen gewährte. Der einzige reichtum, der keine taschen braucht, das sind die erinnerungen. Gäbe es eine währung für die ewigkeit, wären sie es.

don't forget the toothbrush

Eine hochsommerlich klare vollmondnacht, die kälte des alls wurde als linderung von der tageshitze begrüßt. Die fenster zum park weit geöffnet, so hatte Argo sich zur ruhe begeben. Unter dem geleit letzter unermüdlicher sänger des spät ausklingenden vogelkonzertes erreichten ihn erste vorboten der träume, setzten segel, kreuzten bald zwischen irgendwo und nirgendwo, kein woher und noch kein wohin. Unermüdliche kulissenschieberei der traumregie, bis dann dem inneren blick des schlafenden ein etwas innegehaltener raum geboten wurde, zumindest schien es so.

Argo stand auf einer plattform, ein verlassener bahnsteig, geleise gab's keine, eine szenerie metaphysisch surrealer malerei.

Dicht über dem boden schwebend, näherte sich schnaufend ein bizarr anmutender zug, eine ins riesenhafte aufgeblähte raupe, ähnlich der des schwalbenschwanzfalters, maigrüne segmente, schwarz und orange gepunktet. Auspulsierend kam sie am bahnsteig zum halt, die einstiegstüren öffneten sich zischend, niemand, der ausstieg.

Einsam zurückbleiben, das war die schlechteste wahl, also stieg Argo ein. Gerade rechtzeitig, automatisch schloss sich die tür hinter ihm.

Grün gepolsterte sitzbänke entlang der innenwände, statt fenster hier und da winzige bullaugen. Der zug hatte sich kriechend in bewegung gesetzt, nahm schnell fahrt auf.

Argo setzte sich. Auf der bank ihm gegenüber drei herren in dunklen anzügen, schwarze aktentaschen auf dem schoß, kappen auf dem kopf, mit dünnem draht, der leicht wippend in die höhe ragte.

Eine ansage, eine sanfte weibliche stimme: "Bitte setzen sie ihre stimmungskappe auf. Das zugteam wünscht ihnen eine angenehme fahrt."

Argo zog eine der an der decke baumelnden kappen zu sich herunter, löste sie und setzte sie aus neugierde auf. Die drei herren gegenüber musterten ihn argwöhnisch, und während das lebendige innere dieses raupenzuges sich vor seinen augen in den ihm bekannten warteraum der praxis eines gewissen patentanwaltes verwandelte, wähnte er für einen moment den *universal grinder* in händen zu halten. Ein neben ihm stehender pflanzenkübel verbarg den blick zum empfang.

Er stand auf, trat neugierig vor, hoffte dort Lucy Haven zu erblicken, doch in träumen erfüllen sich selten träume, wäre wohl eine paradoxe endlose spiegelung, denn ausgerechnet der ihm bekannte Kappenmann hatte dort platz genommen.

"Sie wünschen?"

Nur keine andeutung eines wiedererkennens, dachte Argo, sich gut erinnernd, wie reizbar dieser mann gewesen war.

"Ja, wenn sie gestatten", er trat etwas vor, stand nun direkt am tresen, "bitte, ein fahrplan wäre mir recht, möchte doch wissen, welches die nächsten stationen sind."

"Keine zwischenhalte."

"Und das ziel der reise?"

"Ein raumhafen, dort werden sie erwartet."

"Bitte, wer erweist mir denn die ehre?"

"Alles zu seiner zeit."

"Gebührend auskunft geben, scheint wohl nicht ihre stärke", Argo etwas ungehalten, bereute das sogleich.

"Werter herr, halten sie inne, ihr kappendraht beginnt zu kreisen, kein gutes zeichen."

"Und die anderen fahrgäste?"

"Welche anderen fahrgäste? Sie sind der einzige meiner obhut anvertraute."

Argo drehte sich um, die drei aktentaschenträger musste er sich eingebildet haben, alle plätze waren leer.

"Also in ihrer obhut, dann erweisen sie sich so fürsorglich, sagen mir bitte, wie lange wir brauchen?"

"Für was, mein herr?"

"Na ja, bis zur ankunft im raumhafen."

"Was weiß ich. Alles ist zu ihrem besten eingerichtet, sollten es sich bequem machen, entspannen sie, dann hört auch das sirren ihres *mentalen sensors* wieder auf, ist mir doch äußerst störend."

Ruhig, langsam und entschieden nahm Argo die kappe mit dem zitternden draht vom kopf, stellte sie herausfordernd auf die theke, "habe ich recht, wir sind uns schon mal begegnet? Sie wollten ein patent anmelden, glückwunsch, das hat ja wohl sogar noch geklappt."

"Na endlich, fühlte mich schon von ihnen verleugnet. Wie ist es ihnen mit ihrer erfindung. dem kleinen kaffeemahlgerät, ergangen?"

"Erfinder jenes gerätes zu sein, wäre zu hoch gegriffen."

"Allerdings, zum genie gehört einiges mehr. Nur war mir auf auf der Erde leider wenig glück beschert."

"Was sie nicht sagen, ein jenseitiger gönner? Sollte der draht nach oben tatsächlich eine verbindung hergestellt haben?"

"Ahnen sie es nicht? Zum einen, meines wissens ist das jenseits in unserer galaxie nicht lokalisierbar, andererseits finden sich einige extrasolare regionen in riesiger auswahl. So hat eine, zur wahrheitsfindung in staatlichen konflikten objektive instanz, eine unparteiische, über allem erhabene künstliche intelligenz, mein erfinderisches potential erkannt. Doch jetzt müssen sie mich entschuldigen." Er trat hinter dem tresen hervor, polierte rote lackschuhe, der adrette anzug glich dem eines steptänzers alter musikfilme, aber kleider machen eben noch lange keine leute, dachte Argo.

"Sie sollten jetzt alleine zurecht kommen."

Kaum gesagt, war der Kappenmann mit der kompletten szenerie des zuginnern verschwunden. Argo schwebte im freien raum, weit unter ihm der pulsierende raupenzug, seiner unklaren bestimmung zustrebend.

Wie mag es sich anfühlen, das *raupe-sein*, dahinkriechend, ahnungslos der leichtigkeit künftigen falterdaseins, wenn auch mit dieser letzten wandlung der herbst ihres lebens anbrach?

Ohne jeden halt, versuchte er es mit schwimmbewegungen. Verblüffend, "genauso gut wie fliegen", stellte er erleichtert fest, mit ausgreifenden zügen hielt er die höhe. Doch vom zug war nichts mehr zu sehen, wohin sollte er sich wenden?

Plötzliche turbulenzen, der flügelschlag eines gigantischen falters, ein flatternder schwalbenschwanz. Das brachte ihn ins trudeln, befand sich im freien fall, wurde wach, sein bett hatte ihn federnd weich aufgefangen.

Keine anzeichen beginnender morgendämmerung, also auf die andere seite drehen, bereit für den nächsten traum. Etwas hielt ihn ab wieder einzuschlafen, halbwach, ihm erschien es mit einem mal recht seltsam, das treppenhaus war voll ungewohnten lärms, das um diese zeit?

Die stimme des Dschinn, "Meister, bleiben sie wach, ganz richtig, da geht nichts gutes vor sich."

Er setzte sich auf, rieb seine augen, bedauerlich nur, in träume lassen sich keine lesezeichen einlegen. Doch die für diese stunde ungewohnte häusliche unruhe ließ ihn nicht los, zögerte nicht länger, aufzustehen.

"Zeit, was zu unternehmen", drängelte der Dschinn, "wie ich's näher einsehe, spezialagenten, fremdenpolizei, noch damit beschäftigt, mieter in unteren etagen aufzufordern, in ihren wohnungen zu bleiben, sollten sich nicht daran stören, wenn's ein bisschen laut werden könnte. Bei dir werden sie abschließend wohl kaum erst noch klingeln, keine höfliche truppe."

Argo eilte ins bad, warf sich den nachtblauen kimono morgenmantel über, kürzliches geschenk der fürsorglichen Lucy, steckte sich eine zahnbürste ein, und, außer haus, natürlich nicht ohne seine spanischen boots. Der Dschinn begann alles weitere in die wege zu leiten.

exiled

Zeit der morgendämmerung im park, eine stille, da der tag noch den atem anhält. Argo auf einer bank, im morgenrock, erste vogelstimmen setzen ein, musikalisches preludium, überleitung in die symphonie des dämmernden tages.

Ein logenplatz und niemand sonst anwesend, die garderobe dieses konzertbesuchers als unpassend zu monieren. Einer der innentaschen des kimonos entnahm er zur lektüre ein buch. Die »Winde«, hymne auf die zeitenläufe, das gewoge der rastlosen wanderungen der menschheit. Das einzige von dauer, wie auch deren metapher im Yiing, trigramme *wind und donner.* Zwei immaterielle wirkkräfte verweisen den anspruch von pyramiden, tempeln, himmelsstrebenden türmen in die schranken der zeitlichkeit, historischer patina menschlicher zivilisationen.

In seine gedankfluchten drängte sich nun das schattenbild der *Themis,* er würde dieses KI-superhirn am liebsten auf eine introspektive reise schicken, zweiwertiges denken auf des messers schneide, *wer bin ich*, überhitzte schaltkreise, chimären auf der lauer, kein pferd zur rettung, eher riefe die *Themis* in äußerster verzweifelung: »Ein draht! Ein roter draht! Ein königreich für einen roten draht!« Von ihrem gott Abacus verlassen, ihre erlösung wäre keine himmelfahrt. Triebe als klägliche reste giftigen elektroschrotts durchs all, kehricht ungehemmten größenwahns ihrer schöpfer.

Es war tag geworden, ein parkwächter auf seiner runde.
"Bonjour monsieur, schon fleißig in ihre studien vertieft. Wie ich sie doch beneide", hielt inne, blieb stehen, als hätte er etwas auf dem herzen.
"Nur zu, mein freund." Argo klappte das buch zu.
"Wir leben doch in seltsamen zeiten, nicht wahr?"
"Könnte es anders sein?"
Nach kurzem zögern, "am frühen morgen im quartier mal wieder hausdurchsuchungen, alles nur um versteckte, aber im grunde harmlose *identitätslose* einzukassieren."
"Eine art neue lotterie?" Wollte er auf so billige art leugnen, was ihm doch selbst in der nacht zu widerfahren drohte?
"In ihrer gelehrtenwelt mag manches anders aussehen, hohe warte, über den dingen. Verzeihen sie."
"Bitte, entschuldigen sie, das war ein schlechter scherz, zu häufig abwesend um auf dem laufenden zu sein."
"Ist doch längst weltweit das gleiche."
"Die welt in der zwangsjacke globalisierter maximen des profits, die methoden verfeinert, wird vermieden, dass es nach zwang aussieht. So neu ist das nicht."
"Der kontrolle unserer allgemeinen *meinungspflicht* kann sich doch niemand entziehen. Das ist, so wie es ist."

"Und wie steht's um das wissen statt des meinens? Einmal eingestanden, wie wenig wir wirklich wissen, wär' doch mal ein bescheidener anfang."
"Es gibt zu allem meinungen."
"Fragt sich, wer uns diese meinungen verfüttert."
Sein gegenüber blickte ihn prüfend an, vertrauen gewann die oberhand, "es heißt, wer seine meinung nicht offen bekennt, sich enthält, hat was zu verbergen. Privatheit gilt als suspekt, gilt als ursprung allen übels ausgemerzt."
"Leider, diese tendenz ist auch mir nicht neu."
"Na also, doch nicht von einem anderen stern."
"Einst, nach längerer abwesenheit, wurde mir von einem boten ein mahnschreiben zugestellt, hätte *online meinungs bekundungen* vernachlässigt."
"Damit hält sich keine behörde mehr auf", wieder zögerte er, ein anklang der wehmut, "wer würde nicht doch gerne diese sich glücklich wähnende, befriedete welt mal so eben für eine weniger perfekte überspringen wollen?"
"Beginne meine reisen in völlig neuem licht zu betrachten."
"Sie scheinen sich auf schlupflöcher zu verstehen, dies ist meines, mein job, wenige pflichten, größere freiräume."
"Schätze die begegnungen mit ihnen, mir eine wohltuende konstante in den sphären des müßiggangs."
"Verstehe nichts von ihren konstanten, doch was sie sagen, klingt wohlmeinend, das höre ich, ist wie in der musik, sie kann sich auch nicht verstellen."
Nach einer längeren nachdenklichen pause, etwas verlegen, "will dann mal weiter, hoffentlich bis auf ein nächstes mal?"
"Wenn sie's sagen, auf ein nächstes mal."

Ein mensch, mit dessen leben ich tauschen würde, dachte Argo. Da der glaube an *organisation*, in seiner dialektischen vorhersehung, den gedanken der *freiheit,* der privatheit, als verderbt und ketzerisch dauerhaft aus seiner welt verbannt zu haben schien, irrtum, das ende der geschichte ist dies nicht. Der starre, am eindimensionalen lineal ausgerichtete blick auf die zeiten, in der welt der wandlungen völlig ohne bedeutung.
Momente des innehaltens, in die stille horchen, nicht in den

chor der akklamationen einstimmen, inzwischen verdächtigt als subversiver akt. *Pursuit of happiness* scheint längst eine regulierte pflicht geworden zu sein, globalisiert, der planet als geschlossene intensivstation zur immunisierung gegen die zumutung der menschwerdung.

Der Brunnenfrosch wird sich was dabei gedacht haben, die ersten *grinder episoden* probeweise einem heft einzufügen, betitelt *»willst du was finden – such's nicht in der ferne«*

Seit eine aussage des philosophen William von Ockham als *Ockhams Rasiermesser* karriere machte, stellt sich auch außerhalb wissenschaftlicher falsifikation, angesichts eines trends zur vereindeutigung der welt, die frage, ob mit der eifrigen anwendung der maxime des *weniger ist mehr* die verluste größer sein könnten, als die mageren gewinne?

nachtrag des Brunnenfroschs

Erwähnte frühere verlegerische versuche, ohne resonanz im sande verlaufen, mancher mag das dem autor anhängen. Ein leser, in einem brief an die redaktion, seinem unmut luft machend, schrieb, "der protagonist, dessen reisen stoff für spannung erwarten ließen, sich obendrein Argo nennend, hält nicht, was der name verspricht", schreibt im weiteren von einer "philosophischen mogelpackung", denn die welt brauche mutige autoren, die klare werte verträten.
Der autor erwiderte, "da dürfte die stoische pazifistische vernunft dieses aus der art geschlagenen argonauten doch sinn geben, statt der rede von werten wäre es ehrlicher, die ungenannten, verschwiegenen, gerne verhehlten interessen hinter dem handeln regierender offen zu legen, besonders zu deren beteiligung an kriegen."
Als verleger erwarte ich nicht, dass die fabel des autors teil der lösung sei. Aber ich trage dazu bei, die *grinder* bände auf kurs zu halten, gemäß dem rat meiner freundin, der meereschildkröte, besser auf offener see, denn der gefahr, beim anblick von land, auf grund zu laufen.

die zeit schlummert an fernem meeresstrand

Ein britischer aristokratischer zeitreisender, seit dem jahr 1895 verschollen, könnte als letztes, so die vermutungen seiner freunde, die absicht verfolgt haben, in uns undenkbar fernste zukunft des planeten aufzubrechen.
Ich wünschte vom Dschinn diese spur zu verfolgen, doch der spöttelte ausweichend, "fern, ferner, am fernsten, geht's nicht etwas präziser?" Ihm war's eine menschliche narretei, zeit an eine imaginäre messlatte zu pinnen, oder gar so, wie vergangene jahre auf abwärts gezählten stufen einer wendeltreppe, die sich in die tiefe schraubt, um dann, ab dem nullpunkt, die jahre in minuswerten wieder aufwärts zu zählen, soll bedeuten, es geht weiter abwärts, bis zu einem numinosen *es werde licht.* Der Dschinn gab zu bedenken, "steckt da nicht schon der teufel im detail, der fehler, der eurer spezies jegliche zukunft verbaut?" Keine antwort, "na wenn mein Meister partout darauf besteht, ich versuch's."

Mein gewünschtes reiseziel ließ keine annehmlichkeiten erwarten, aber nicht so bar jeglichem faszinierenden glanz. Stand verloren am ufer eines bewegungslos verharrenden ozeans, auf einem nach allen seiten endlos ausgedehnten, eintönig grau gekörnten sandstrand.
Tief über dem meereshorizont, ihn fast berührend, hing das unmäßig aufgeblähte rund eines purpurrot ausglühenden riesensterns. In seinem kraftlosem licht umfing mich eine trübe schattenlos erstarrte welt. Landeinwärts reckte sich blanker fels aus dem sand und auch dahinter zeichnete sich nicht die geringste spur von vegetation ab. Setzte mich auf einen der steine, dachte so vor mich hin. Sollte für künftige touristen wenigstens eine tafel aufstellen, »Kilroy was here, wer reklamiert, ist angeschmiert.«
Alles um mich herum hatte die anmutung einer reduzierten langsamkeit des lichts, das träge, zähflüssige gewoge des

meeres, keine wolken, kein lufthauch war zu spüren. Stille. Nichts ließ bedrohliches vermuten. So gewann diese ödnis in meiner meditation immerhin einen schwachen anklang feierlicher erhabenheit alles vergänglichen.

Nun zu erleben, wie selbst die zeit mal die nase voll hat, die dinge immer im fluss halten zu müssen, das war schon eine reise wert, und mir schien, die zeit schlummerte an diesem meeresstrand mit vollem recht, endlich mal ungestört.

Und dieser ozean, zwar bar jeglichen stimmungsreichtums, so war er immer noch von einem gleichmäßig flachen atem beseelt, altersbedingt, ein kaum wahrnehmbares heben und senken seiner zähen, dickflüssig wirkenden oberfläche.

Gelegentlich bildeten sich träge große blasen, platzten sie, dann wuchsen aus ihnen pflanzenähnliche gebilde empor, die alsbald wieder in sich zusammensackten, geschluckt von dem alles wieder glättenden meer, ein mürrischer bildhauer, seine schöpfungen übellaunig gleich wieder zerstörend. Der verschleierte himmel glich einem trauergast an einem noch offenen grab. Auf die spitze trieb das meer dieses spiel mit nachbildungen aufgeschlagener bücher, die seiten spreizten sich zu flügeln, schüttelten einen regen an buchstaben und worten aus ihrem gefieder, bis ihre leere ins buchstäbliche nichts überging.

"Halluzinationen?"

"Alles ist möglich", flüsterte der Dschinn.

Zumindest beruhigend, er hatte mich hier nicht einfach ausgesetzt. War jedes zeitempfindens beraubt, weit über alle tagträumereien hinaus. Es bekam etwas bedrohliches, als wäre dieses meer durchaus fähig, mich in einem strudel nicht endender fantasien in seine tiefen zu ziehen.

Klammerte mich an den gedanken, die dämmerwelt dieses planeten wäre nur raffinierte gaukelei, nichts reales, so wie ja auch dieser ozean mit seinen kunststücken. Des Dschinns navigation hat mich ja hoffentlich nicht auf Stanislaw Lems »Solaris« verschlagen, ein planet bar jeglicher landmassen, ausschließlich belebt mit und von einem intelligenten ozean. Diese erinnerung war von kurzer dauer, langsam dämmerte mir das naheliegendste, ich musste mich damit abfinden, hatte die Erde nicht verlassen, genau wie gewünscht, aber dann doch eine schwer zu fassende realität.

Der Dschinn hatte mir einen logenplatz reserviert, schlicht und einfach zu dem drama der sterbenden *Sonne* meines heimatplaneten, deren ende sich vor meinen augen vollzog. Wenn dem so sein soll, wenigstens scheint die menschheit es doch nicht geschafft zu haben, diesem endspiel vorzeitig, in eigener regie, mit der inszenierung eines feuerwerks aus ihren waffenarsenalen, mit der pulverisierung allen lebens auf dem planeten zuvorzukommen.

Der Dschinn, "wer weiß, der planet wär froh gewesen, euch los zu sein, froh, wenn ihn nichts mehr piesackt."

Nun tat sich was. Aus der ferne kam ein einsamer reiter auf einem dürren gaul den strand entlang gestürmt, ein ritter mit angelegter lanze, bog vor mir ab, dem meere zu, hatte aus dem zähflüssigen ozean auftauchende riesenkrebse entdeckt. Drohend kreisten ihre langen fühler, was den reiter nur noch mehr motivierte anzugreifen. Als seien sie nichts als chimären, mit angelegter lanze ritt er tollkühn hindurch, pflügte mit seinem gaul immer tiefer ins meer, dem kraftlosen sonnenuntergang entgegen, bis er in den fluten versank. Nur seine kopfbedeckung, eine zinnerne barbierschüssel hielt sich noch eine zeit lang, einsam auf der oberfläche treibend.

Weit abgeschlagen, war dem ritter jemand auf einem esel gefolgt, der sich mir nun in gemächlichem trott näherte. Ich erhob mich, gewahrte erst jetzt die geringe erdanziehung. Vorsichtig einen fuß vor den anderen gesetzt, schwankend erhob ich mich vom meinem fels.

"Ein endzeittreffen zweier harmlosen gemüts", konstatierte der Dschinn besorgt, "dem kollaps der erdzeit so nahe, das scheint eine konfuse wirkung auf den menschenverstand auszuüben. Erinnerung und wahrnehmung drohen letzte bizarre blüten zu treiben. Ich habe bedenken, Meister, darf ich das noch länger verantworten?"

"Gönne meiner neugier noch eine kurze frist."

Der reiter, von seinem esel vor mir abgestiegen, erinnerte mich an Sancho Pansa, er verbeugte sich vor mir, blickte unschlüssig zum meer, "geduld überwindet alles. Mein herr hat bislang alle unbill überlebt. So die gelegenheit grüßt, soll man ihr danken. Den *ritter des müßigangs* begrüßen zu dürfen, bevor er sich wieder in den unendlichen weiten des weltraums verkrümelt."

Sollte er mich gemeint haben? Ich war gerührt, wollte ihm die hand reichen, doch er wich zurück, "herr Argo sollte acht geben, wo wir sind Hier ist alle recht trügerisch, das könnte ansteckend sein, den verstand trüben, so wie es meinem herrn erging, als er in die höhlen von Montesino hinabgestiegen war."

"Dir und deinem ritter verdanke ich unzählige wahrheiten über die bessere seite menschlicher natur."

"Die langsamkeit des denkens irrender herrschaften kann auch ein problem sein. Gut gemeint ist nicht immer gut gehandelt, viel reisen und langes ausbleiben macht nicht ohne weiteres klug, zeit und gelegenheit hat niemand im ärmel, es ist wie der zeiger an der uhr, er geht, wie man ihn stellt, späte reu ist selten treu, und sagt mir doch, gibt es einen menschen, der sich rühmen kann, er habe in das rad des glücks einen nagel zum festhalten eingeschlagen?"

Mir war schwindlig geworden, oder begann der Dschinn den rückzug einzuleiten?

So war's auch, schade, ohne abschied von Sancho. Spiralig strömendes, kreisendes sternengestrudel, das universum drohte zusammenzuschnurren, so weit kam's nicht, wie der leser erahnen dürfte, mein bericht hätte ansonsten ja viel zu lange auf sich warten lassen.

Der Dschinn nahm eine abkürzung durch parallele raumzeit dimensionen, so verstand er den transit auf das minimum ephemerer dauer eines traumes zu verringern. Dennoch, ausreichend gelegenheit etwas wichtiges, überfälliges zur klarstellung nachzutragen. Hatte ich schon an der wahrheit über den *universal grinder* zu knabbern, nun erst recht, das geständnis des Dschinn, das ginge alles an der realität vorbei. Er erklärte, sollte ich auf so was wert legen, "von mir aus", behauptete, "wenn mein Meister das unbedingt benötigt, ein getrockneter apfelkern tät's dann auch."

Mein einwand, der könnte allzu leicht in der jackentasche zwischen nüssen, mandeln, rosinen meines studentenfutters verloren gehen, er ließ es gut sein und schwieg. Schließlich doch einsichtig, und so erwählte ich dem *grinder* wenigstens ein würdiges versteck, bis auf weiteres, im regal hinter dem konvulat Macel Prousts bände seiner *recherche.*

Ein anderes, der Dschinn steht jeglicher art bilder, nicht nur misstrauisch gegenüber, zieht es sogar vor, sie schlicht zu ignorieren ... klärungsbedarf ... solches war mir zuvor schon bei katzen aufgefallen ... und dennoch, er versteht was von kunst ... klärungsbedarf, meine gedanken zerfasern ... das heißt ... noch unterwegs oder kurz vor ankunft ... der übliche reisekoller ...

... und dann, zu meiner erleichterung, ich saß auf einer parkbank, atmete mild vibrierende luft frühmorgendlicher stunde, ihr füllhorn mit grüßen unbeschwerter lebensfreude ausschüttend.

Einem parkwächter, ruhig und bedächtig mit dem löschen der gaslaternen beschäftigt, war vorbehalten, das bild zu vervollständigen.

Langsam kam er näher, "bonjour monsieur, schon fleißig in ihre studien vertieft. Wie ich sie doch beneide."

Ich stutzte, worte unserer letzten begegnung? Dachte an die dabei vom Dschinn mir zugesteckte lektüre, griff in die manteltasche, leer, die »Winde« waren verflogen und damit auch mein déjà vu.

"Aber", ergänzte der wächter, "diese hochsommerliche hitze lässt uns nachts ja kaum noch schlaf finden."

"Sie sagen es, zu dieser stunde am angenehmsten, vögel erwachen, proben den morgengruß, die lerche steigt, hat die nachtigall zu bett geschickt, ja, und sie zu sehen ist mir immer wieder eine besondere freude."

"Ganz meinerseits, monsieur."

Mit zuvorkommender geste sich verabschiedend, nahm er seine dienstlichen pflichten wieder auf. Ihm nachblickend, mein gedanke, einen nagel in das glücksrad schlagen zu wollen, diesem mann sicher unbegreiflich und überflüssig.

scharade am gartenteich

Das grenzt schon an verwegenheit, angesichts von gefahr, in austarierter balance zwischen nähe und abstand einen kitzel zu suchen, ein mit bedacht dosiertes fieber, so wie die katze, die zwar das wasser scheut, dennoch dicht am ufer, leicht vorgebeugt, gebannten blicks auf den durchsichtigen spiegel eines teiches eine fülle unfassbarer genüsse ahnend, flüchtige schatten, betörend genug, den verlockungen des unbekannten nicht einfach die kalte schulter zu zeigen.
In unseres reisenden geschicken lag sein wagemut eher in erlebnissen innerer anschauung, versonnenen blicks durch den alltag, auf wegen seines stadtquatiers schlendernd.
Nicht wie Leutnant Doolittle, auf einer trümmerplanke der *Dark Star* in die atomare glut eines nahen sterns hinein surfend, darin die erfüllung seines traums einer ultimativ grandiosen welle fand.
Oder der nervenzerreißende albtraum des von Leutnant Ripley eingeleiteten countdowns zur selbstzerstörung der *Nostromo,* "the option to override the detonation procedure has now expired", das rettungsboot längst zum ablegen bereit, in den von den alarmsirenen durchtönten gängen des raumfrachters auf keinen fall den schiffskater Jones zurückzulassen. "I got you son of a bitch - it´s all right, nice to see you - it's okay." Die zwei einzig überlebenden dieses disasters. Dass die katze Jones nach der rettung, beim zweiten abenteuer der anfangs degradierten Ripley, lieber zu hause blieb, hat ihm die ungeteilte sympathie unseres reisenden müßiggängers eingebracht. Damit zurück zur frage, warum liebt die katze den fisch, wenn sie das wasser so sehr fürchtet?

Der autor hat Argo zu einem mußetag auf den landsitz seiner schwester eingeladen, kurze auszeit in arkadischen gefilden, einem lichtdurchwirkten garten zu sommerlicher mittagsstunde. So sitzt er entspannt und verträumt am rande des teichs. Allerdings eigenartig, von allen so gänzlich unbeachtet, keine worte im vorbeigehen, "es gibt kaffee, möchtest du auch einen," oder, "setz dir in der sonne besser einen hut auf."

Sie sehen eben nur eine der katzen, wieder einmal an das teichufer gelockt, die beharrlich, halb aufgerichtet, der kopf etwas vorgestreckt, unbewegt auf trockenem gestein am rand des schilfes, wie zum sprung lauernd, fest im blick eine auf und ab ihre kreise ziehende libelle, mit schwirrendem geräusch dreist und äußerst frivol, nicht nachlassend, dicht vor ihrer nase vorüber tanzend, im sonnenlicht magisch schillernd.

Für die katze eine leichte beute, wäre da nicht das wasser, sie mit jeder unvorsichtigkeit das gewahrte gleichgewicht verlöre, ein sturz ins wasser, nicht auszudenken. Mag sein, die libelle ahnt den umstand, und nach einiger dauer dieses neckischen spiels kann sie es nicht lassen sie zu verhöhnen.

"Hallo katze, bewunderst wohl meine flugakrobatik, aber das kunstverständnis einer katze wird wohl nicht ganz so uneigennützig sein, habe ich recht?"

Argo, im stillen, was spielt die sich nur auf? Von wegen kunst und erwidert gelassen, "in der tat sehr faszinierend, deinen luftikussigen flugmanövern zuzusehen. Das ist deine natur, mit kunst hat das tatsächlich nichts zu tun. Auch wirkst du reichlich nervös, dir fehlt das innere equilibre."

Der hochmut der libelle ist angekratzt, hat doch diese katze ihre spöttische bemerkung schlicht ignoriert, sich nun erst recht, mit vollem ernst eines kunstverstandes brüstet, eine übermütige katze! Da will die libelle nicht zurückstehen, "die kunst des tanzes ist nicht jedem gegeben, eine uns libellen feinsinnig elaborierte sprache, wie willst du sie je verstehen?"

"Dann übersetze sie, helfe dem laien sein kunstverständnis zu vertiefen."

"Was hülfe dies? Habe niemals von musikalisch veranlagten katzen gehört, ganz im gegenteil, kaum dass ihr versucht mehrstimmig zu konzertieren, sind euch blumentöpfe oder wasserduschen aus kannen oder eimern, holzscheite, was auch immer gerade bei der hand, als unmissverständliche kommentare zur belohnung sicher."

Musik, mein lebenselexier, denkt Argo, na warte, lass das nicht durchgehen, "behaupte nur, was dir beliebt, doch sage ich, du fliegst, so wie der hase übers feld läuft, unruhig und zick zack haken schlagend, hektisch und ohne eleganz. Was du vorführst, wie schon gesagt, ist nervöse spannung, keine souveräne kunst."

"Dann sag mir doch, was soll es bedeuten, sitzt da selbst angespannt auf deinem stein, so dicht am wasser, seh' dich besser mal vor, nicht hineinzufallen."

"Das lass mal meine sorge sein, außerdem, ein mittagsmahl verspricht dein mageres aussehen nicht."

Erstmals unterbricht die libelle ihren kreisenden flug, setzt sich erschöpft und nachdenklich auf ein schilfrohr in der teichmitte, in leichter brise schwankend, hin und her, her und hin, "sicher ist sicher, ihr katzen seid verschlagen, von eurem jagdinstinkt getrieben."

Die katze setzt sich, blickt abgelenkt nach oben, von wo ein schatten flüchtig über das wasser huscht, eine schwalbe stürzt herab und wieder hinauf, und mit dem vogel ist die libelle verschwunden, als beute ins nest mit den jungen schwälbchen, nur das schilfrohr zittert noch leicht im wind.

Enttäuscht räumt Argo oder die katze den platz. Immerhin hat sie sich nicht verleiten lassen, zu riskieren ins wasser zu fallen. "Eine vorspeise wär's schon gewesen", so geht sie mit sich zu rate, "ich sollte diesen schwalben in der scheune bei gelegenheit einen besuch abstatten."

Sie reckt und streckt ihre glieder, zieht sich ins warme gras der wiese zurück, liegt dort schläfrig in der sonne, taucht ein in neue träume.

Während die sonnenstrahlen unablässig ihre nase kitzeln, mit einer pfote versucht sie diese zu verscheuchen, längst in fernsten welten unterwegs, jenseits des blauen himmels über ihr, bis dass der Dschinn leise, aber bestimmt seine stimme erhebt, "Meister, habe den eindruck, du hast diesen ferientag genossen. Wie ist es, eine katze zu sein? Hatte selbst meine stille freude an diesem abenteuer, aber ist es nicht bald zeit für den absprung?"

"Du sprichst von heimweg, bin erstaunt, ein begriff, der dir doch fremd sein dürfte."

"Sagen wir mal so, *wherever I lay my hat there's my home*, nicht wahr, damit wäre diese frage wohl doch beantwortet."

"Wäre ich aber doch eine katze, die träumte, sie sei Argo?"

"Dann hätte sie auch mich erfinden müssen, willst du das wirklich annehmen?"

"Deine logik trifft nicht ganz. War auch einst mein versuch gescheitert, mit erneutem besuch des flohmarkttrödlers Ungut, den kauf des *universal grinder* als fehlentscheidung zu revidieren. Aber eine klare trennung zwischen traum und sinnlich greifbarer gegenwart gelingt dir nicht."

"Nimm's nicht persönlich. Dein *sinnlich greifbares* mag dem da-sein einer wiederkäuenden kuh auf der grünen wiese genügen. Ihr könnte auch ein Dschinn nicht weiterhelfen, möchte solche gleichmütigen geister nicht in ihrem frieden stören."

"Beachte bitte, friedfertigkeit und zurückhaltung sind auch mir ein hohes gut, liebe die kontemplation."

"Bist aber kein behäbiger wiederkäuer."

"Du könntest die kuh immerhin vorm schlachthof retten."

"Wir Dschinn haben darin keinen dünkel und kein problem, verbindungen mit individuen anderer spezies der tierwelt einzugehen, katzen sogar bevorzugt, sind einzelgänger, traumkünstler, pendeln perfekt zwischen wachen und schlaf, immer auf den quivive. Nichts bringt sie von der rolle."

Argo versuchte zu rekapitulieren. "Also gilt dein einwand nicht, eine katze müsste dich erst noch erfinden. Sie könnte durchaus träumen Argo zu sein."

"Du wirst es herausfinden oder am besten miss Haven die frage entscheiden lassen."

"Wenn dies ein traum ist, wird sich diese frage wohl bald wieder verflüchtigt haben."

"Na siehst du, war doch ein schöner tag. Merkst du nicht, liegst längst im schatten. Also auf Meister, und miss Haven ist unbestritten real", für sich im stillen, "in was wir Dschinn so alles verwickelt werden."

schwebende zustände

Angesichts Argos angeborener trägheit war es dem Dschinn ein leichtes, ihm mit unternehmungen zuvorzukommen, extrahierte sie aus einem leidenschaftlichen durchstöbern seines meisters oberstübchens.
Argo fand sich in einem park wieder, ruhte sich fürs erste auf einer bank aus. Was konnte das herz des müßiggängers mehr begehren? Doch verwundert blickte er auf einen aus sich selbst heraus leuchtenden rasen, ein neonbissiges grün drohte, ja fern zu bleiben. *Betreten des rasens verboten,* schilder ersparten sich. Alles schon dagewesen, dachte er.

Bäume haben sich aber nicht so leicht ersetzen lassen, einige standen entlang der parkwege, hier und da in kleinen gruppen, und schienen letzte zuflucht für vögel zu sein. Ein hochsommerlicher tag, glühende hitze umgab ihn gleich einer unsichtbaren mauer. Das schattenspiel des baumes neben ihm, ein hypnotisches flackern vor seinen füßen, es wurde ihm angenehm dösig - bis ihm überraschend gewahr wurde, die parkbank auf der er ruhte, zurückgelehnt, mit halb geöffneten augen, schwebte über dem boden, seine füße baumelten ins leere. Und je nachdem, wohin sein blick umherschweifte, begann die bank sich entsprechend in diese richtung zu drehen, sich sogar ruhig und stetig voran zu bewegen. So schwebte sie mit ihm über den rasen, einem von ihm bewunderten rötlich gefärbten ahorn zu, und ließ sich dann mit blickwendungen leicht und bequem an ihren ursprünglichen standplatz zurücksteuern.

"Das ist unglaublich", wie das unfassbare in worte fassen, "und bemerkenswert, wenn ich daran denke, wie lange es brauchte, bis ich den *universal grinder* im griff hatte."
Das war wohl etwas unbedacht dahin gesagt.
"Ignorant", ein spöttischer Dschinn, "intelligente parkbänke, aufzüge, türen, fahrzeuge oder gar kloschüsseln, künstlich geschaffene geister, kulturtechnische stupiditäten, nichts vom erlesenen adel, wie das arrangement der Dschinn mit

dem *universal grinder*. Von mir aus auch die mechanische schreibmaschine deines heimatplaneten, eingestanden, mit erstaunlich kreativem nutzen. Deine kurbelei hatte ich mit großer nachsicht hingenommen."

Doch für Argo blieb's dabei, die steuerung dieser mobilen bank glich einem kinderspiel, kreuzte mit ihr übermütig hin und her, auf und ab, quer durch den leeren park, fühlte sich in vergangene jahrmarktstage und schützenfeste seiner kindheit versetzt, jugendlicher übermut im parcours der autoscooter, inmitten funkensprühender rempeleien, etwas, das er nie mochte. Mit dieser bank aufzukreuzen, augen und herzen der mädchen, in ihren steif aufgebauschten petticoats, wären ihm nur so zugeflogen. Hinüber zur raupe, durchs bierzelt, hoch über dem riesenrad kreisend, wie viel freimütige schmuserei hätte ihm das eingebracht.

"Üppige fantasie, mit zunehmendem alter scheint sie erst recht aufzublühen", ulkte der Dschinn, "nicht allen schenkt die jugend unverdient ein freies eintrittsbillet in die welten romantischer liebesträume und abenteuer."
"Was dir in meinem dachstübchen verstaubtes gerümpel zu sein scheint, ist mir sorgsam gehüteter fundus, requisiten für das überleben in einer unerträglich beschleunigten welt. Ein traum gebiert zwar den nächsten, mit dem alter werden sie kostbarer."
"Zeitlos sind die träume, viel zu eilig hat's das leben. Was sagte der parkwächter, erinnerst du dich?"
"Na dann, hilf mir auf die sprünge."
"Gerne, er sagte das gleiche, was dem Sh'rat den namen Sahib Wu-wei einbrachte."
"Ertappt. Warum sollte der parkwächter das nicht sagen dürfen, hat's aber bisher nicht. Meinem autor ist nichts unmöglich, doch springst du jetzt in der chronologie seiner werke."
"Meister, deine sortierung der ereignisse, na gut, du hältst dich an die des autors, dessen viele zettel und notizen, unversehens verzettelt er sich. Sollte jene episode nicht besser vor dieser eingefügt werden, oder?"

"Entscheidet der autor. Und wenn leser es überhaupt weiter durchhalten, diese erörterungen befördern das nicht. Wobei ein verlässliches zeitempfinden nicht gerade deine sache ist. Könnte ein lied davon singen, *been in the right place must have been the wrong time*, und umgekehrt."

"Falsch, deine häufige desorientierung liegt nicht an meiner navigation, das liegt in deiner müßigen natur, wu-wei."

"Erinnerungen warten nun mal nicht in reihe und glied, sich mitzuteilen, brauchen ein stichwort, oder besser, ich stoße mich an einem stein, eine erinnerung fällt mir vor die füße."

"Was du nicht sagst. Kein schmerz im großen zeh?"

"Spotte nur. Manche ereignisse, da noch zu klein gewesen, sie selbst bewahrt zu haben, die erzählung seitens anderer vor augen, der kunst des erinnerns trotzdem auch mir nicht verloren."

"Du meinst, die quelle kunterbunten fabulierens?"

"Frag's den autor, ich schätze seine unbeirrbarkeit."

Gesagt getan, sogleich ein beispiel parat
navigare necesse est
am bahndamm

Da saß dieses kind, ein kleiner bub von höchstens drei jahren, still und unbekümmert an der böschung des steilen hohen bahndamms, noch ein gutes stück unterhalb des gleisbettes, zum glück nicht unmittelbar in gefahr, so dachte der ortspolizist, der sich bemühte, zu ihm hinauf zu steigen.

Das kind schien ganz mit sich zufrieden, mit einer hand, dicht an die nase gedrückt, ein nicht mehr ganz weißes, auffallend übergroßes schnieftuch.

Der mann kratzte sich nachdenklich das kinn. Keine eile, dieser junge würde ihm nicht entwischen, wenn überhaupt ein ausreißer, dann offensichtlich ohne plan.

Sie befanden sich an der sonnenbeschienenen südseite des bahndamms. Für die anbindung des ackerbürgerstädtchens an eine bahnlinie wurde auf über einen kilometer länge, die landschaft prägend, weithin sichtbar, ein hoher bahndamm aufgeschüttet, tangiert den ortskern in einer leichten kurve nach südosten, von zwei straßentunneln durchbrochen, bis er zwischen wiesen und feldern abflacht, die bahntrasse in einem zwischen zwei Bergkuppen eingeschnittenen tal das städtchen hinter sich lässt.

Der beamte hatte das kind erreicht, ging bedächtig in die hocke, nicht zu nahe, und blickte im in die augen.
"Du wirst mir doch sagen können, wo du wohnst?"
Ein wort, mit dem der kleine wohl nichts anfangen konnte.
"Ich meine, dort, wo du zuhause bist, das verstehst du doch?"
Das kind verstand das zuhause ebenfalls nicht.
"Wo ist denn deine mutter?"
"In der küche", blieb die einzig karge antwort.
"Du kannst also sprechen?"
Der junge blinzelte in das sonnenlicht und schmuste mit seinem tuch.
Vor dem krieg kannte hier jeder jeden, danach dann die unzähligen flüchtlinge, in vielen häusern und wohnungen des städtchens irgendwie unterzubringen, noteinquartiert, zu viele noch unbekannte gesichter. Ob der junge aus der diesseitig eilig errichteten barackensiedlung stammte? Der beamte zeigte dort hin. Das wurde mit kopfschütteln verneint. Hätte es ja nicht weit gehabt, selbständig wieder zurück zu finden. Dieser aber hatte sich offensichtlich von woanders hierher verlaufen.
Der uniformierte blickte zu dem straßentunnel, der keine dreißig meter entfernt den damm durchstach und von hier in das innenstädtchen führte.
Er zeigte in diese richtung, "bist du daher gekommen, dort durch den tunnel", der junge nickte lebhaft.
"Ja nun kann's heiter werden", sinnierte der polizist, seine familie dürfte in einem der häuser des ortes einquartiert worden sein, blieb vorerst nur, ihn mit auf die amtsstube zu nehmen.
Das kind ließ sich bereitwillig an die hand nehmen, seine andere hand hielt das schnieftuch. War nur zu hoffen, es würde bald vermisst werden.
So kletterten sie den bahndamm hinunter, durchquerten den selbst tagsüber immer dämmerigen und nassen tunnel.

Ihr weg führte entlang eines teiches, von schmiedeeisernem geländer eingefasst, an dessen einer seite der flache bach vom nahem Holzberg plätscherte und an dieser stelle für eine lange strecke unterirdisch verschwand, bis hin zu einer im tal liegenden großen weberei.

"Wen haben sie denn da festgenommen?" rief eine mit einkäufen vom markt den beiden entgegenkommende frau amüsiert.

"Wenn ich das wüsste, wäre liebend gerne den ausreisser schon längst wieder los gewesen."

"Gehört der nicht zu der familie, die in der fabrikantenvilla einquartiert ist? Sie wissen doch, oben bei M. auf halber höhe des bahnhofbergs, direkt neben dem park."

"Was sagst du, junger mann, auf dem weg hierher sind wir doch unterhalb deines zuhause vorbeigekommen?"

Also kehrte er kopfschüttelnd mit dem buben wieder um. Nur noch ein kurzer weg zurück, aber welche erleichterung für den ortspolizisten, von seiner fundsache wieder befreit zu sein.

ein verse rezitierender parkwächter

Unter einem über dem park hoch gewölbten glutheißen himmel hatte die bank sich mit ihrem gast in den schatten einer gruppe hoher bäume zurückgezogen. Es war einer dieser hundstage, an dem die meisten, wenn nur irgend möglich, sich in die obhut der häuser und abgedunkelten räumen zurückzogen, oder aber sie suchten in der natur die nähe von wasser, am fluss, teich, see oder fernen meer.

Argo, frei von dergleichen sehnsüchten, mit trägem dösigen wohlbefinden, von guten geistern umsorgt, auch die nahe wohnung und der kühlschrank kam ihm nicht in den sinn. Gleichmütiges nichtstun, eine quelle der inspiration, kein nährboden, aus dem heißsporne sprießen.

Der faden seiner betrachtungen riss, aus allernächster nähe das kurzatmige kläffen eines hundes. Ehe er des ursprungs dieser kundgebung ansichtig werden konnte, hatte sich die bank dem zugewandt, er erblickte einen sich nähernden parkwächter, das hündchen ungeduldig aber folgsam an seiner seite, nun nur noch ein leicht erregt unterdrücktes knurren. Auffallend die ähnlichkeit mit der pudeligen hündin einer einstmals verschiedenen androidin. Also, gesetzt der fall, dass dieses tier sich zu erinnern begann, es revidierte seine anfängliche abwehr, hüpfte ihm fröhlich entgegen und schnüffelte an seinen schuhen.

"Astarte, spiel dich nicht so auf", rief der hinzukommende wächter, "du kennst diesen herrn doch gar nicht", verlegen an Argo gewandt, "entschuldigen sie, Astarte ist mir einst zugelaufen, viel zu vertrauensselig, ist sonst nicht ihre art."

"Die nase der hunde kommt so manchem auf die spur, das unseren sinnen verborgen bleibt, inklusive des vermögens, sich zu erinnern."

"Gestatten sie mir, auch ich war im ersten moment irritiert, will ihnen nicht zu nahe treten, ihre ganze erscheinung", er zögerte, "wie aus der zeit gefallen, nicht zu sagen, suspekt, wohlgemerkt, nicht dass ich solche ansichten teile."

"Ansichten, mit wem nicht teilen?"

"Dem gebotenen gemeinsinn, die abwehr von habenichtsen. Deren subversiver freiheit, so wird gesagt, nichts mehr zu verlieren zu haben, gilt es einen riegel vorzuschieben, wie gesagt, nicht meine worte." Er krault den kopf des hundes, "ja, brave Astarte, lässt dich nicht vom äußeren täuschen, verdienst ein leckerli."

Schließlich, wieder Argo zugewandt, "was anderes gibt mir zu denken, erstaunlich, dass die parkbank sie überhaupt akzeptiert, so was dürfte ihr, gemäß ihrer programmierung, keinesfalls unterlaufen."

"Was spricht dagegen, für besucher eines öffentlichen parks an einem tag wie heute, sich im schatten der bäume sich mal auf einer bank auszuruhen. Eine löbliche zivilisatorische errungenschaft."

"Eine intelligente parkbank wird nicht legitimierten personen niemals erlauben, platz zu nehmen. Wir sehen es ihr nicht an, unscheinbar, doch ihre programmierung hat's faustdick hinter den ohren."

"Na gut, aber wie sollte sie das verhindern?"

"Würde diesen jemand einfach abschütteln, umkippen, so

wie ein mülleimer entleert wird."

Anerkennend klopfte Argo auf's holz, "danke, welch ehre von dieser regel ausgenommen zu sein."

"Eher ein irrtum, die administration hat ja auch erst kürzlich die intelligible aufrüstung des parks in die wege geleitet, da mag es hier und da an einigem noch hapern. Die bänke mit personenscan sollen helfen, den park von obdachlosen und amtlich nicht registrierten frei zu halten."

"Müssen die armen sich dann mit der wiese bequemen? Das aggressive neongrün ist alles andere als einladend."

"Androiden lieben es. Aber sobald jemand wie sie den rasen betritt, beginnt dieser wellenförmig zu buckeln, spült den unerwünschten sofort auf den parkweg zurück."

"Wie rabiat, erleichtert wohl ihre aufsichtspflicht?"

Sich sorgsam umblickend, "vertraue ihnen, bin nur statist im lokalkolorit, mein scan ist zum glück sauber. Erlauben sie mir, so wie es ihnen offensichtlich auf ihre art gelingt, wir fielen beide durchs raster des zwiefachen rechts, eines zum schutz des eigentums, das andere, den habenichtsen das leben so schwer wie möglich zu machen."

Eine gedankenpause, eine solche, in der entscheidungen in sekundenschnelle reifen, gepflückt oder verworfen werden, mit verblüffendem resultat, er begann verse zu zitieren, aus unglaublich längst zerbröselten zeiten:

"die sich zwar nur aus not vergingen,
jedoch alsbald am galgen hingen.
war's auch bloß um 'ne kleinigkeit;
wenn nur die reichen in sicherheit."

"Wie doch über jahrhunderte die immer gleichen rollen neu besetzt werden, alte charaktere, neue masken."

"Sie sind nicht auf dem laufenden, künstliche intelligenzen sind die wahren akteure, mit dem ruch des unbestechlichen, haben ihren schöpfern das wasser abgegraben, wer's sich leisten kann, lebt privat den menschlichen spieltrieb aus."

"Und wie halten sie sich davon frei und unbehelligt?"

"Die regierenden Konsuln sind fast ausschließlich *androiden*. Mein bescheidenes glück, denen ist es unter ihrer würde einen ihresgleichen zum parkwächter zu degradieren. Doch ist ihnen ein hang zur nostalgie eigen, und für romantische verklärung taugt eben nur das original."

"Ein kollege von ihnen sah einst seine tätigkeit als rettende insel für seine privatheit vor den zwängen seiner zeit. Wenn roboter nun aber zu träumen begännen, wer wollte sich dann noch auf ihre dienstfertigkeit verlassen können?"

"Wenn, dann träumen sie auf ihre art, vielleicht sich selbst einen chip implantiert, ihre schaltkreise gedopt. Sollte uns das wundern?"

"Wäre mal was sinnvolles, freak out. Träumen ist eine gute vorübung, schärft die einbildungskraft", doch fiel es Argo schwer die lebensbedingungen dieser gegenwärtigen zeit wirklich zu erfassen. Diese parkwächterphilosophie war ihm um längen voraus, "und wenn KI's sich ihres schöpfers als ebenbildlich begriffen, wie würde sich das auswirken?"

"Sie meinen wohl so was, *wie der herr so das geschirr*? Da mag was dran sein, was bequemlichkeit versprach, wurde von uns menschen immer sofort als *wahnsinns* fortschritt gefeiert", der wächter suchte auf den punkt zu kommen, "entlastung des denkens als errungenschaft. Androiden sind da uns gegenüber im vorteil, denken ist ihr lebensinhalt, ein lustvoller imperativ a priori."

Argo war's zu viel auf einmal. Und bei allem, die ähnlichkeit der ihm begegnenden parkwächter, diese vertrautheit.

"Womöglich folgen sie in deine parallelwelten?" stichelte der Dschinn.

"Halte dich vorläufig raus."

Wieder zum parkwächter, "was diese bank betrifft, warum nicht, bin ihr sympathisch, sie hat sich lieber zugunsten des angeklagten entschieden."

"Sie kennen noch nicht die bosheit des kunstrasens, lässt nicht einmal die harmlose Astarte auf ihm herum springen, geschweige denn ihr erlauben, einen baum zu markieren."

Argo's gedanken spannen ihr eigenes netz, dachte auch an worte seines freundes Uncle Jules, "es ist geraten, in der fremde nur den beutel offen, aber das maul zu halten."
Er war verunsichert, war er diesem gespräch überhaupt

noch gewachsen? Vorsichtig, zugegeben, weitgereist, doch wer sagt, daraus folgte welterfahren? Ein sprichwort sagt, hätten wir alle einen sinn, wir liefen einen weg.

"Ein guter freund, an den ich eben denken musste, lebt seit jahren im exil auf einem fährschiff, erinnert mich an ihre philosophie, er hat sich dort mit unscheinbaren hilfsdiensten in einem restaurant zurechtgefunden."

"So wie ich in meinem park."

"Genau, wie sie in ihrem park, ein irgendwo, fern von glanz und glorie der zeitläufe, die zu geschichte kondensierten."

"Die wenigsten wissen, dass *fortschritt* nur der name einer rudergaleere ist", fügte der wächter hinzu. Argo war's als wäre Jules gegenwärtig. Beide schwiegen. Dann versuchte der wächter dem zuletzt gesagten auf den grund zu gehen.

"Darf ich was persönliches fragen?"

Argo nickte zustimmend.

Derweil beobachteten sie einige androiden, die eine decke auf dem neonrasen ausgebreitet hatten, sich nun zu einem gemütlichen picknick niederlassend.

Der wächter wollte seinen faden nicht verlieren, "wie gelingt es einem fremdem reisenden sich außerhalb des *distrikts der ausrangierten* frei zu bewegen, sogar diese bank ihre pflichten vergisst?" Eine antwort blieb Argo vorerst erspart, sein gegenüber, hastig, "warten sie", ein stimmungswechsel aus heiterem himmel, "auf ein nächstes mal mein freund, wu-wei", und blickte in richtung einer gruppe androiden die sich ihnen auf dem parkweg näherte.

Keine antwort abwartend, nahm er seine runde wieder auf, Astarte folgte ihm ergeben.

Einige der roboter, zum glück auf distanz stehen geblieben, mit ihm zugewandten rücken, vor sich in die höhe gehaltene apparate, sah aus, sie wollten sich selbst fotografieren, ein regelrechter wettbewerb des sich positionierens entspann sich, offensichtlich aber alle mit Argo im hintergrund.

Niemand achtete auf ihn. Sollten die androiden ihn als eine nostalgische staffage entdeckt haben, warum schämten sie sich, standen beim fotografieren geniert, ihm den rücken zugewandt, hätten ihn doch nur zu fragen brauchen, ob sie von ihm ein foto machen dürften.

So schnell wie aufgetaucht, zog die korona schon wieder weiter, Argo blickte ihnen nach, fragte sich, ob roboter denn wenigstens bei ihrer reproduktion etwas mehr zeit, freude und lust an ihrer tätigkeit aufbrächten.

Wieder eingekehrte stille legte den hundstag an die leine, baumkronen wiegten sich in erfrischender brise, vogelsang, erste schäfchenwolken trauten sich hervor, unser argonaut des müßiggangs, noch im bann des zuletzt erlebten, "diese endlose morgendämmerung der menschheit, ehe ihr der tag beschieden worden war. Hat sie ihre zukunft viel zu früh stellvertretern anvertraut?" Eine frage, die in verblassenden nachbildern sich langsam ins bedeutungslose auflöste.

hohe warte wartet mit träumen auf

Die sich freimütig Argo zugesellte parkbank verleitete ihn mit umsichtigen manövern, die dämmerstunden des tages zu verschlafen. Erst bei einbruch der nacht, unter einem früh aufgegangenen vollmond entdeckte er, sein gefährt hatte ihn zwischen den baumkronen hinauf ins luftige gehoben und sich dort frei schwebend verankert. Das geborgte licht der mondin durchflutete das geäst der bäume, bis Selene auf steigender bahn ihren zenit erreichte, und mit dem sie umgebenden gefunkel des sternenmeeres den raum der träume unendlich weitete.

Argos gebannter blick auf dieses erhabene szenario wurde langsam, doch zunehmend häufiger von *filmstills*, flüchtigen einblendungen seiner visite auf der *Bosporus* überlagert, als liefe vor seinen augen der *trailer* eines ihm unbekannten films ab. Was oder wer immer die regie dieses traumkurses bestimmte, das schien ihn unaufhaltsam in ein sich langsam abzeichnendes szenario zu entführen.

Er stand am fuss der treppenaufgänge einer ins gigantisch maßlose überwölbten halle, für einen moment fühlte er sich in die architektur der Stazione Milano Centrale versetzt, ein ort, der jeden sich dort aufhaltenden gnadenlos auf eine nichtige kreatürlichkeit schrumpfen ließ, unterwerfung unter eine brutale architektur, die menschenwerk war.

Statt zu bahngleisen führten die treppenaufgänge, oben angekommen, in eine wüstenlandschaft, endlos die sandige dünung, dämmernde helligkeit zeichnete am horizont eine vage blässe, ungewiss, ob sich da wirklich eine aufgehende sonne ankündigte.

Was sich dann aber langsam, silbrig kalt glänzend über den horizont schob, einen züngelnden düsteren schatten voraus werfend, die gewaltige masse eines raumkreuzers, der ihm nun auf einer flugbahn niedrigster höhe entgegen wuchs. "Die *Themis*", war sein erster gedanke.

"Und wenn, vielleicht eine einladung zum tee, das superhirn dürfte einsam sein", der Dschinn versuchte es mit humor.

"Ja bravo, also weißt du, dass sie es ist."

"Ein gedanke, den du in die welt gesetzt hast."

Uncle Jules' warnungen vor augen, "die expeditionen der *Themis* sind keine touristischen vergnügungsreisen."

"Dass ihrer truppe androider soldateska ein humor-chip fehlt, das könnte uns zum vorteil gereichen."

"Wie, was heißt uns? Das wird immer klarer, dies ist deine fehde lieber Dschinn, verrätst mir nichts, versteckst dich obendrein hinter meinem rücken."

"Wollte nur deinen witz etwas kitzeln, die einsicht über sich selbst lachen zu können, ist doch aller freiheit anfang, hilft besonders zu gelassener geistesgegenwart."

"Klugschwätzer. Angenommen, ich sage zum angreifenden robotkrieger, *ist das nicht witzig, denn was muss ich lachen, ausgerechnet mich sünder zu den engelein schicken zu wollen.* Und der androide antwortet, *keine sorge, zur hölle mit dir!* und drückt ab. Ja bravo, das war's dann wohl."

"Dann wäre ich herrenlos, darf ich nicht zulassen. Einer solchen verlegenheit vorzubeugen, schon mal überlegt, eine waffe zur verteidigung?"

"Dschinn, du enttäuschst mich. Ein messer bei sich tragen, paradox die behauptung, es diene der verteidigung, wenn das gleiche messer, im besitz eines gegenüber, eindeutig als angriffswaffe verwendet wird? Ausgemachter schwachsinn."

"Nagel auf den kopf. Bleiben nur die waffen des geistes."

"Dann bitte, unterlasse in zukunft solche fragen."
Unaufhaltsam und stetig hatte sich die *Themis* genähert, füllte den horizont in gesamter breite aus und verdeckte nun den gesamten himmel über ihm. Erstarrt sah Argo einen riesigen rüssel aus der unterseite dieses raumschiffs sich bedrohlich auf ihn zu bewegen, ohne noch die flucht ergreifen zu können, hatte dieser ihn schon mit einem schmatzenden schlürfgeräusch eingesogen.

ein traum im traum?
wer findet da noch durch

"Meister Argo, werd' wach, da braut sich was zusammen."
"Hättest mich eher warnen sollen, ziemlich düster hier, sind wir nun in so einer art staubsaugerbeutel der *Themis*?"
"Unsinn, träumst du? Hier im park wird bald die hölle los sein."
Argo irritiert, was redet der Dschinn? "Danke, mich daran zu erinnern, denn die gewissheit, nichts könne einem was anhaben, macht es doch erst recht vergnüglich, weiter zu träumen."
Er drehte sich wohlig auf die andere seite, brummelte noch ein "also, wo war ich stehen geblieben?"
"Nein, bitte nein, wach auf, der morgen dämmert, es gehen seltsame dinge vor sich."
Blinzelnd rieb sich der schläfer die augen, "was denn nun wieder? hier oben zwischen den bäumen, in der milden nachtluft schläft es sich phantastisch gut, das muss ich sagen", schloss wieder die augen und die bank schaukelte ihn neuen träumen entgegen.
Der Dschinn ließ dies nicht zu, "schluss, dir wird's gleich an den kragen gehen. In deinem haus in der Parkstraße findet in diesem moment eine polizeiliche hausdurchsuchung statt, die einen werden aufgefordert, in ihren wohnungen zu bleiben, sich nicht dran zu stören, sollte es im treppenhaus etwas laut und stürmisch zugehen. An deiner wohnungstür werden die leute nicht erst höflich klingeln."
"Hallo! Das hatten wir doch schon, doch bin ich diesmal nicht anwesend. Also, was soll's?"

"Auch die parkeingänge werden mittlerweile von androiden sicherheitskräften abgeriegelt."
Zu des Dschinns erleichterung überdachte Argo die situation nochmals genauer, parallelität der ereignisse hin oder her, philosophisch wird dieses dilemma wohl nicht ausreichend schnell zu lösen sein, ausnahmsweise besser, der intuition zu folgen und überließ sich der navigation des Dschinn.

"schluss mit der kulissenschieberei"

Der morgen hatte längst die dämmerung abgeschüttelt, nun im tageslicht, unübersehbar, durchwühlte schränke, bücher in den regalen weitgehend unangetastet, den eindringlingen wohl verlorene zeit, so war unter anderem auch das bord mit den Proustwerken verschont geblieben. Statt dessen auf dem boden verstreut, die inhalte ausgekippter schubladen, sogar aufgeschlitzte bettwäsche und matratze. Er hielt sich den fenstern fern, aber auch so unübersehbar, rötliche rauchschwaden, die sich über den bäumen langsam in den morgenhimmel verzogen, so als wäre im park ein feuerwerk veranstaltet worden, aber zu so früher tageszeit, ganz ohne feierlichkeiten und ohne zuschauer, welche verschwendung.

Diese häuser, so bevorzugt am rand des parks gelegen, sie waren also als teil des *distrikts der ausrangierten* herunter gestuft, ein menschenreservat? Argo war keinesfalls darauf erpicht, mehr darüber herauszufinden als ihn schon die rede des parkwächters hatte ahnen lassen.

Privatheit als verrat an *geteilter* öffentlichkeit, nichts neues, parolen wechseln. Dem müßiggänger subversive gesinnung zu unterstellen, ahnungslos und ungeübt in den schlichen derer, die verstehen sich anzupassen, selbstüberzeugtes lügen, dem repertoire der finessen des sich geschickt aus der affäre ziehens.
"Dschinn, diese sache muss ein ende haben. Solcher art zeitsprünge im wiederholungsmodus, wie diesmal zwischen wohnungsdurchsuchungen und razzien in parks, verzichte hiermit gerne und ausdrücklich auf weitere runden."

"Da wird sich schon was finden. Wie wär's, dich anderen senioren auf einem Kreuzfahrtschiff zuzugesellen, senile abgeklärtheit, mühsam arbeitet sich ein animateur an euch ab, dennoch, ihr bleibt euch einig darin, dass die welt früher eine bessere war."

"Behaupte nicht, solche gedanken in meinem dachstübchen gefunden zu haben. Kategorisch nein zu einer kreuzfahrt."

"Du bist entschieden in allem, was du nicht wünschst, mein dilemma, das solltest du mal anerkennen, bin für wünsche zuständig, in deinem fall nicht leicht."

"Wer viel wünscht, dem fehlt viel."

"Wenigstens ersparts mir die ständige kulissenschieberei."

"Also doch gaukelei."

"Dann ist da deine neue bekanntschaft mit dieser parkbank serviler intelligenz. Will nicht damit hadern, weiß das wohl zu deinem wohl zu schätzen. Also Meister, ich beabsichtige einfach dir zuliebe, mich mit ihr zu arrangieren."

"Ah sieh an, du hattest bisher nur gelästert."

"Sie hat deinen hang zum müßiggang genutzt. Welche mühe, dich aus deinen wiegeträumen zurückzuholen."

"Na ja, dass die bank für meine bequemlichkeit keine mühe scheut, kann dich nicht ersetzen. Doch wir sind uns einig, also bitte, *beam me up* Dschinn, adieu zeitschleife."

"Meister, immer zu diensten."

Der Dschinn behält gern das letzte wort.

Schon schoben sich die räume der wahrnehmung langsam ineinander, rotationen mehrfach belichteter projektionen, ein sich beschleunigender strudel wandelte in einen wirbel kosmischen sternenstaubs, ein anblick, sonst nur dem auge des Hubble teleskops gegönnt, nur war Argos transit nicht an die erdumlaufbahn gebunden, fähig, einen spiralnebel in den sich auflösenden morgendunst über einer gebirgswiese zu verwandeln, im befreiten sonnenlicht ihn mit einem konzert glitzernder tauperlen empfangend, ein tanzender schmetterling sich in ein flügelschlagendes buch wandelnd, zwischen dessen seiten eingetaucht und sogleich wieder fortgerissen, bis sich wieder fester boden unter den füssen zeigt, ein neuer tag, carpe diem.

freundschaft auf den lippen eines Caesar?

Ein allgegenwärtiges summen, wie das hintergrundgeräusch eines kühlschranks, nur tiefer und an einer schwelle des mit der weile überhörbaren. Alles deutete darauf hin, dürfte mich im kellergeschoss eines hochhauses befinden. Womit hat der Dschinn sich nur diesmal vertan?
Kahle, fensterlose breite flure, verzweigend oder kreuzend, notdürftig beleuchtet, entlang der wände bündel an rohren, gelegentlich metallene fensterlose türen, manche umrahmt, mit warnenden gelb-schwarzen streifen, nicht eine, die sich als fahrstuhltür auswies. Unter der dämmerigen decke ein endlos dichtes gespinst seidiger spinnweben.
Am ende eines flures immerhin eine stahltreppe. Eine etage höher das gleiche bild. Die nächste treppe, keine nennbare änderung der szenerie, das straffe spinnengewebe unter der decke blieb vertraute begleitung. So langsam wuchs mein argwohn. Wird da nicht jemand meiner anwesenheit längst gewahr geworden zu sein? Nicht auszumalen, womöglich das spinnentier selbst, sogar von so beachtlicher größe, dass ich keinen wert darauf lege, ihm zu begegnen.

"Angsthase, willkommen an bord der *Themis.*" Der Dschinn brach endlich sein schweigen, kam bei mir gar nicht gut an. "Bist längst informiert, aber lässt mich statt dessen im ungewissen tapern. Diese *Themis* wurde scheinbar von einem spinnenmonster gekapert. Möchte nun keinesfalls eingerollt und verpuppt als komatöse konserve enden, für ihren nachwuchs frisch gehalten."
"Keine sorge, und eine andere bleibt dir erspart. Für die dauer interplanetarer flüge hat die androide krawalltruppe der KI dienstfrei. Es gibt nichts zu tun, soll heißen, ihre schaltkreise befinden sich währenddessen im sparmodus."
"Wie tröstlich, du kennst dich bestens aus, dann zeig mir wenigstens den weg zum nächsten whiskeyausschank. Nach dem ruhelosen hin und her zwischen wohnung und park hätte ich zur abwechslung mal was besseres verdient."

"Bist immerhin dem dilemma einer zeitschleife entkommen, und das schon mal auf größtmögliche distanz."
"Hast das übertrieben, eher vom regen in die traufe."

Mittlerweile erweiterte sich vor mir die räumliche umgebung und, nicht schwindelfrei, zögerte erst, überquerte vorsichtig eine stahlbrücke, über einen breiten hallenartigen schacht gespannt, in der tiefe offensichtlich einige etagen, die ich schon geschafft hatte. Warum diese kletterei?
"Dschinn, spreche aus erfahrung, kein militärischer bereich, in dem soldaten nicht ihre elende zeit mit wache schieben totschlagen müssen. Soll ich dem robotkrieger, der mir den weg versperrt, die parole hören will, einfach höflich guten tag sagen, vielleicht fragen, wie ich die kantine, oder besser eine bar fürs geistige wohl fände, oder wie' s ihm denn so ginge, und wie das wetter draußen wäre?"
"Du hast zumindest recht daran getan, in den fluren keine der türen probiert zu haben, und dein verständnis geistigen wohls dürfte er wohl kaum teilen."
"Eine soldateska auf sparmodus, wenn das heißen soll, es gäbe nichts zu tun, was erklärt dann diesen soldatischen schlendrian? In allen gängen und fluren wuchern die klebrig gewebten spinnennetze. War selbst mal rekrut, kenne das einmal eins des bettenmachens:
"Rekrut, nennen sie das gefaltet?"
Der unteroffizier zerrt die schlafdecke von der koje.
"Nein, jetzt nicht mehr."
"Nehmen sie haltung an, das heißt, *nein, herr unteroffizier*, oder soll ich sie auch zurecht falten?"
"Nein, herr unteroffizier."
"So ist es gut gefreiter, sie sehen ein, dass sie eine strafe verdient haben?"
"Nein, herr unteroffizier."
"Das heißt, *ja, herr unteroffizier.*"

Der Dschinn, "was tut's hier zur sache? Du bist zivilist."
"Genau, statt eines *universal soldier* der *universal citoyen*. Soldatendasein ist eingefaltete zweckexistenz, das denken methodisch verdampft."

110

"Meister, jetzt entspann dich. Das thema reizt dich zu sehr, denk an was angenehmes."

"Ein so überdimensioniertes raumschiff ohne erholungspark, wie schäbig. Aber du glaubst, wünsche aus meinen träumen zu destillieren, und schickst mich an solch öden trostlosen ort. Dilettantischer albtraumdeuter, keine sehnsucht nach kasernenatmosphäre. Gibt es ein Dschinntribunal, bei dem ich dich verklagen könnte?"

"Meister, ich bin untröstlich, du überziehst."

"Warum nicht, könnte hier bei der *Themis* klage einreichen, höchste rechtsinstanz in *Omega24*."

"Meister, fühl mal, in der tasche deines trenchcoats."

Fischte einen flachmann heraus, "höchste zeit, so kommen wir uns wieder näher, nur bedauerlich, für eine lektüre wäre es hier sicher nicht nicht die passende atmosphäre."

"Absolution?"

"Abwarten", nahm einen beherzten schluck, "mal so recht besehen", nahm einen zweiten schluck, "die automatische justitia dürfte es wohl eher auf dich abgesehen haben, bin der bauer im schachspiel. Sprich' deine züge wenigstens mit mir ab, zu viel verlangt?"

"Der vergleich hat seinen charme, du auf dem schachbrett, in der uniform eines der offiziere, unvorstellbar. Für einen, der pazifistischen vernuft ergebenen *citoyen* wäre das ein karnevalistisches pappnasenunterfangen."

"Und für dich müsste man im schach erst noch den joker aus dem kartenspiel einführen."

"Entspräche meinen fähigkeiten, den figuren auf dem feld die ihnen vorausgedachten züge heimlich abzulauschen, und dann einem bauern unangefochten auf gegnerischem grund zu einer royalen dame zu verhelfen."

"Das hast du schon geschafft, zumindest als chance in sicht, doch hier ist's mir kein trost, lichtjahre weit entfernt."

"Na siehst du, alles eine frage der perspektive."

Der inhalt der taschenflasche nahm ab, meine zuversicht wuchs. Gleichgültig, was mich unwissenden hier erwartete, zur orientierung braucht's immer einen anschub. Bilder im kopf können nicht rein an sich existieren, sie benötigen den

abgleich mit gegenwärtigem, wie einem katalysator. Dachte an Leopold Bloom, der sich begnügen konnte, nicht mehr zwischen stadtplan und gedankenstrom unterscheiden zu müssen. Die matrix des erinnerns reichte als plan."
"Erfreulich, deine gedanken gewinnen endlich wieder eine hellere seite."
"Zumindest kam jener Bloom ohne geist an seiner seite aus. Dagegen, der sohn seines freundes Dädalus musste sich in seinem ererbten trauma mit dem geist von Hamlets vater begnügen."
"Will ich nicht gehört haben, ein trauma, was fällt dir ein, bin ein Dschinn."

der ghost-narrator springt ein

Da unser abenteuerresistenter Argo sich über gebühr durch drei ereignislose seiten quälen musste, helfe ich ihm nun, wie unter uns vereinbart, aus der patsche.

Ein weiteres mal gelangte Argo an eine stahlbrücke, die bisher höchste über dem abgrund der vielen etagen. die er schon geschafft hatte. Die andere seite der brücke erreicht, kaum noch erwartet, endlich der ausgang des labyrinths. Ein breiter torbogen öffnete ihm den blick in das rund einer kuppelhalle atemberaubenden ausmaßes.
Das spinnengespinst setzte sich auch hier in großer höhe der gewaltigen kuppel fort, ein streng geometrisch dicht gewebtes netz, ringsum an den simsen der kuppel befestigt. Diese weberin dürfte unsagbar viel zeit benötigt haben, in solchem ausmaß sich des schiffes zu bemächtigen.

In der hallenmitte der ansonsten völlig leeren, in hellem anthrazitmarmor glänzenden bodenfläche, unübersehbar, eine steil emporstrebende pyramide, licht fluktuierende flimmernde flächen, wobei die pyramdenspitze nicht mehr sichtbar in das spinnengewebe hineinragte. Argo stand noch viel zu weit entfernt, um einzelheiten auszumachen, doch unterschiedlich große gestalten waren dort versammelt.
Schon lösten sich einige aus dieser gruppe, bewegten sich

zielstrebig in seine richtung. Doch durfte er seinen augen trauen? Da näherte sich eine gestalt wie aus der römischen antike, mit faltenreich übergeworfenener toga, und dann stand diese person vor ihm.

"Salve, Caesar begrüßt den fremden als freund."

Freundschaft auf den lippen eines Caesar, da hieß es auf der hut zu sein, es schien ganz so, als hätte man ihn erwartet.

"Sie sind *der*, also *der* Caesar?"

"Es kann nur einen geben."

"Wie konnte ich das vergessen, im lauf der historie längst ein geschütztes markenzeichen."

"Mein freund, das heißt heutzutage *corporate identity,* für einen geschäftsmann unverzichtbar."

"Und ihre geschäfte an diesem seltsamen ort?"

Caesar blickte hinter sich. Eine übergroße feminine androide gestalt gleich einer römische gladiatorin im waffenrock, mit spitzem dolch und schwert bestückt und ihr zu seite, ein gewaltiger roboterkoloss, plump gebaut, halslos, ein auf dem rumpf aufgesetzter kopf mit einem sehschlitz, darin ein rotes licht hin und her wanderte.

Caesar zu Argo, leise flüsternd, "vertrauen sie mir, meine seite ist die des gewinners, verstehe mich bestens darin, eigene pläne zu wahren", kaum gesagt, änderte er seinen jovialen ton, anmaßend laut, "muss ich sie nochmals darauf hinweisen, fragen zu stellen obliegt einzig mir."

Argo schwieg, keineswegs bereit, diesem römer zu trauen, Welches lateinische schurkenstück entfaltete sich hier, eine vielleicht unbekannte shakespearesche bearbeitung?

"Des unautorisierten eindringens verdächtig, das verlangt unverzügliche klärung. Die *Themis* befindet sich in höchster alarmbereitschaft. Was haben sie zu sagen?"

"Nun ja, verdächtiges", konstatierte Argo und blickte nach oben, "ja doch, die spinnweben, keiner der flure ist frei von ihnen", fixierte dabei den sehschlitz des roboters und dann nach oben weisend, "faulenzende soldateska, ordentlicher innendienst ist deren sache nicht."

Der halslose kopf des blechriesen ruckelte auf der massiven schulter, versuchte Argos blick in die höhe zu folgen. Die androide gladiatorin blieb entspannt, wie anzunehmen, sie diente Caesars persönlichem schutz. Dieser zeigte sich ungehalten, "als nächstes fabulieren sie übers wetter. Also nochmal von vorne. Mit welcher absicht oder gar in wessen auftrag sind sie hier eingedrungen?"

"Kein schönes wort, gestrandet ist besser."

"Sie nutzten die gelegenheit sich ausgiebig umzusehen, sensible schiffsbereiche durchstöbert, die zivile gäste nie zu sehen bekommen."

"Die glücklichen, macht keine freude in den unbeschilderten endlosen gängen umherzuirren, habe dabei wie verzweifelt die rezeption oder besser, eine bar gesucht."

"Gestrandet, ein possenreißer, wie?"

"Besser gesagt havariert."

"Sie strapazieren meine geduld."

"Eine gutmeinende abhilfe, der weise rat eines geschätzten bekannten, *geduld überwindet alles, im glück sind wir alle geduldig, die stärke wächst im geduldgarten.*"

Caesar nahe, flüsternd, "retten sie sich, arrangieren sie sich mit mir."

Derweil der roboterkoloss wie blöd durch seinen sehschlitz glotzte, wahrscheinlich zuständig für die aufzeichnung eines protokolls, ohne selbst das geringste zu begreifen?

"Wollte anfangs höflichst nach dem weg fragen, versuchte anzudocken, doch mein kleines raumboot löste sich, trieb ab und verglühte in den antriebsdüsen dieses ungastlichen riesenschiffes. Konnte mich über einen der lüftungsschächte ins innere retten, anvertraue mich jetzt Cäsars urteil."

"Das nehme ich ihnen natürlich ab."

Im lichtschlitz des roboters flackerte es einen moment.

"Danke. Ist nur billig, auch den verlust meines bootes zu reklamieren, eine entschädigung", und ehe sein entnervter gegenüber etwas erwidern konnte, "ich reise bevorzugt mit büchern, ein weiterer unersetzlicher schaden. Haben wir das geregelt, rufen sie mir einfach ein raumtaxi, möchte ihre gastfreundschaft nicht länger strapazieren."

Caesar zeigte sich unschlüssig und ratlos, nichts von seiner einstigen wendehalsigen redekunst im römischen senat. Ein

genervter blick zum roboter, eine hand straffte seine toga, die andere beschwörend erhoben, "als kanzler der *Themis* halte ich es für geboten, mit ihr, der *Ma'at,* über das weitere procedere zu beraten. Salve."
Nochmals an Argo gewandt, "in dem einen chorraum, uns axial gegenüber, finden sie meine private bibliothek, sie sind mein gast, warten sie dort auf meine rückkehr."

Erleichterung, diesen Caesaren und seine einschüchternden begleiter für den moment los zu sein, doch dann hielt ihn ersterer nochmals zurück, "gehen sie unbedingt entlang des hallenrandes", betonte dies mit gebieterischer geste und schloss sich den anderen beiden an, hin zur flimmernden, steil aufragenden pyramide in der hallenmitte, der ort, wo vermutlich das alles beherrschende, zentrale elektronenhirn sein digitales netz webt. Anderen ursprungs, das netz hoch über ihm. Beides weltgespinste, war's eine symbiose, oder spinnt hier wer nun wen in seine gegenwelt ein?

Argo nahm den weg wie angewiesen, dabei schien es ihm, durch die fäden des spinnennetzes vibrierte ein leichtes zittern, schon mal so stark, als könnten sie jeden moment zerreißen, auf dem boden ein schwacher schatten, der ihn begleitete, sich dann aber verlor.

in Caesars bibliothek

Unbehelligt gelangte er zum großräumigen seitenchor, der bibliothek Caesars, die ihren namen ehre machte. Reihen hoher bücherregale mit eingehängten beweglichen leitern, tische mit grünlich beschirmten lampen, gepolsterte stühle, und mit erstaunen entdeckte er, in der höhe der halbkuppel war der raum von jeglichem spinnengewebe frei.
Der Dschinn, "sind wir nicht gut vorangekommen."
"Dir beliebt *wir* zu sagen, darf ich dann nach *unserem* plan fragen?"
"Es gibt keinen."
"Ist ja großartig, wie beruhigend."
"Wenn dir als kind eine geschichte erzählt oder vorgelesen wurde, wolltest doch wohl nicht erst das ende hören? Dazu

kommt, wir stecken in einer, die erst dabei ist geschrieben zu werden. Ist das nicht sogar ein privileg?"

"Was dich zu dieser unternehmung veranlasst, schieb' es nun nicht dem Autor in die schuhe."

"Wo denkst du hin. Bin nur einem Meister verpflichtet, und das verstehst du doch, kinder- und jugendträume sind mir eine unerschöpfliche fundgrube der inspiration."

"Dann grabe mal, aber pflanze nicht eigenmächtig neues."

"Deine verschütteten erinnerungen geben mehr her als dir gegenwärtig. Denke an die reisen des *Sleepboot Kraak* oder die des unverzagten astronauten, *Nick der Weltraumfahrer.* Deiner fantasie flügel, über ferne meere und dem ozean der sterne. Sei doch dankbar, dich daran zu erinnern."

"Und du als naseweiser *Tom Poes,* der allen geheimnissen auf den grund geht. Muss mich in deinem dachstübchen mit literarischer sparkost von bildgeschichten begnügen."

Argo war abgelenkt, sein immer noch durch die bibliothek schweifender blick war an etwas hängengeblieben, "warte mal, sag nur, du siehst das nicht auch?"

Er erhob sich aus dem polsterstuhl, trat zögerlich an einen großflächigen tisch in der tiefe des raumes, voll gestapelter bücher, andere aufgeschlagen und unübersehbar, mittendrin eine anzahl unterschiedlicher modelle des *universal grinder.* Ungläubig wanderte sein blick von einem zum anderen, "ja bravo, guter Dschinn, was geht hier vor?"

"Diese geräte sind unbehaust, das müsste dir inzwischen doch bewusst sein."

Reflexhaft tastete Argo die innentaschen seines mantels ab, "wirklich gewöhnungsbedürftig", gestand er kleinlaut.

"Meister, was euch von wert ist, muss auch greifbar sein, die dinge als katalysator für den flug der inspiration. Dein grinder steht doch länst gut bewahrt hinter den werken der *suche nach der verlorenen zeit.*"

"Gelerntes zu praktizieren ist zweierlei. Aber ein Dschinn, gefangen in einer flasche? Habe davon schon mal gelesen."

"Gar nicht möglich. Nur eine von euch menschen projizierte klaustrophobische vorstellung. Eurer psyche mächtigste feinde sind die eigenen ängste, und derart grassierende

ängste könnten eurer gesamten spezies ihr ende einläuten. Diese neigung scheint ungebrochen, mit lust dem untergang entgegen, moralisch gesegnet, krieg gegen das böse."
"Starker tobak. Habt ihr Dschinn gar eine geheime mission, erziehung des menschengeschlechts?"
"Zu hoch gegriffen, die spreu des menschlichen fortschritts ist uns Dschinn viel interessanter."
"Du meinst die verlierer?"
"Sind sie's wirklich? Der brandy in deinem flachmann ist übrigens wieder nachgefüllt. Ein prosit auf Sahib Wu-wei."
"Lass ich mir gefallen", ein herzhafter schluck, "sollte es dir beim stöbern entgangen sein? Ein deutschlehrer taufte mich Sh'rat, gemäß seiner wahrnehmung eines vermeintlichen mangels an aufmerksamkeit meinerseits. Meinte wohl einen mangel an regsamkeit, ist tatsächlich meine sache nicht."
"Den schwebetrick hattest du sicher nicht drauf."
"Mit der mir zugeschwebten parkbank nachgeholt."

Im zentrum der kuppelhalle, vor der pyramide tat sich was, hünenhafte roboterwachen, martialisch ausgerüstet, hatten in einem ring um sie posten bezogen, regungslos, bis auf weitere befehle, oder waren aus ihrem sparmodus noch nicht ganz erwacht. Schemen lösten sich, Argo erkannte sie beim näherkommen, Caesar, diesmal nur in begleitung der androiden gladiatorin, sie näherten sich der bibliothek.

"Salve", rief der kanzler, einen arm zum gruß erhoben, der andere hielt die toga, "mein freund, eine offizielle anklage wurde vertagt. Die gute nachricht, keine untersuchungshaft, sie sind meiner obhut unterstellt."
Argo hatte wieder auf dem polsterstuhl platz genommen. fragte sich, was an der nachricht gut sein sollte.
Caesar, "nehme an, sie haben sich etwas erholen können."
"Ein kaffee hätte gut getan, mühlen reichlich, keine bohnen zum mahlen, oder habe ich was übersehen?"
"Sie nicht, aber ich, war auf ihren besuch nicht vorbereitet, das bitte ich zu entschuldigen", entgegnete er, setzte sich Argo gegenüber, die gladiatorin verweilte in der nähe.
"Aber richtig, die kleinen mahlwerke, sammle antiquitäten.

Meine begleiterin wird uns nun kaffee zubereiten", worauf diese folgsam in einer kochecke umständlich zu werke ging. Argo spürte, Caesar wollte sie, wie es schien, wenigstens für den moment los sein, "vergessen sie den kanzler, hier können wir freimütig miteinander reden, vielleicht gibt es ja was auszuhandeln."

"Dann gestatten sie mir eingangs eine frage."

"Wenn es nicht wieder eine nach meinen geschäften ist."

"Wie soll ich's sagen, dieses allgegenwärtige spinnennetz, eine ungewöhnlich fleißige weberin, aber die bibliothek hat sie ausgespart."

"Sie verstehen es, auch ohne frage zur sache zu kommen. Sie sprechen von Arachne, mir unklar, wie sie das vertrauen der *Ma'at,* der *Themis,* ich meine die KI, gewonnen hat. selbstverständlich habe ich mich mit ihr arrangiert, und wie sie sehen, auch sie kann uns hier nicht belauschen."

"Die sagenhafte Arachne, schutzpatronin der zivilen künste, falls sie es sein sollte, die hier wirkt und webt, das urteil der götter war ungerecht. Sie und Prometheus sind die wahren helden. Würde sie gerne begrüßen, solange ich noch bleiben darf."

"Dürfen? Vergessen sie nicht, ihre verhandlung wurde nur vertagt. Immerhin, die gute nachricht, bei mir genießen sie sicheren hausarrest. Nun, ich bin großzügig, hatte ihnen vorhin eine frage gestattet, also, legen sie los."

"Ist das raumschiff *Themis* schon jemals über *Omega24* hinaus gekommen?"

"Das klingt, als betrachteten sie dinge von externer warte, jenseits dieses systems. Sehr interessant, insbesondere für einen havaristen, der mit seinem kleinen boot, vielleicht einen ausflug vom nahen *Epsilon*, sich etwas übernommen haben dürfte."

"Einem kanzler der *Themis* dürfte bekannt sein, *Epsilon* ist, ebenso wie *Iota*, ein hypothetischer fluktuierender planet. Aber wie steht's um ihre zugesagte antwort?"

"Wie sie wissen dürften, die aufgabe der *Ma'at*, manche nennen sie *Auge-des-Ra*, ist der rechtsfrieden in *Omega24*, wenn das nicht reicht."

"Es könnten sich mit der zeit doch ganz andere ambitionen einstellen."

"Wer hat ihnen den floh ins ohr gesetzt? Hege sowieso die vermutung, sie sind nicht alleine gekommen. Richtig?"

Die waffenrockgeschürzte androidin unterbrach, servierte zwei kaffee. Caesar war ungehalten, was immer er ihr leise auftrug, sie entfernte sich.

Argo, "sollte es jemanden geben, unabhängig von mir alarm ausgelöst zu haben, aber noch nicht gefunden wurde, da kann ihnen leider nicht behilflich sein."

"Ohne hilfe hätten sie nicht an bord gelangen können. Die *Themis* ist militärisch bestens nach außen abgeschirmt."

"Verräter an bord?"

Beide unterbrachen ihre rede. Einer der roboterwächter, der halslosen krieger mit sehschlitz, näherte sich der bibliothek, begleitet von der gladiatorin. Caesar erhob sich, "einen moment, mein freund, er muss seine nachricht nicht gerade vor ihnen herunterschnurren, dieser geistlose koloss", und schritt dem ankommenden eiligst entgegen.

Argo spürte, ihm war nur eine kurze atempause gegönnt, Caesar, einem bluthund gleich, lässt nicht mehr los.

Nicht auszumalen, sein wirkungskreis auf intergalaktisches terrain erweitert, ob doppelgänger, original, oder wie auch immer, generalissimo und geschäftsmann, beides vereint, eine einträgliche synergetische kraft des beutemachens.

Der Dschinn, "Meister, schlagen wir uns in die büsche, das heißt, warten wir nicht auf Caesar."

"Ganz in meinem sinn", und schon ergriff ihn der übliche schwindel, das gefühl zu stürzen, ohne auf dem boden aufzuschlagen, er begann kreiselnd zu trudeln. Hörte mit tausendfachem echo worte des Dschinn, "mein Meister, dem es an regsamkeit mangelte, mehr erreicht als solche hirnis, die knoten mit gewalt zerschlagen."

Nee, ne, ne … *kein haar für die welt*, dachte Argo … ein Bourbon … ein windstiller hafen … Lucy … nicht königreiche … auf pferden sitzt es sich viel zu hoch … *tun was ohne tun, schaffen was ohne geschäft*, das … ja was, wu wei …

eine parkbank auf dem taxistand

Ein sommerabend, sich von der tagesglut erholend, Argo, ein weiteres mal ein fensterplatz im *Divin' Duck,* versonnen nach draußen blickend. Sanft goldenes licht lag über der straße. Seine rückkehr aus dem transit war unbemerkt geblieben. Am nebentisch, ein junges pärchen, einander kaum wahrnehmend, jeder für sich, in ihre daumenkinos vertieft.
Ein ober unterbrach seine träumerei, "möchte der herr nicht lieber gleich an der bar platz nehmen?"
"Danke, erst noch etwas akklimatisieren."
Verständnisvolles nicken, "you're welcome", und entfernte sich, kennt er doch die schrullen der stammgäste.

Argos blick wanderte zur gegenüber liegenden straßenseite, eilige passanten mit flüchtigen auftritten, doch eine person mauserte sich zum hauptdarsteller. Im hausschatten am rand des trottoirs hatte sich ein älterer Herr positioniert, bewegungslos, dunkle sonnenbrille, abgetragene kleidung, seinen hut wie zur kollekte am halb ausgestreckten arm. Ab und zu wurde seine geduld mit einer spende belohnt.
Schließlich nahm dieser sich vor zu gehen, stopfte das geld aus seinem hut in die hosentasche, setzte die brille ab, und nun erkannte Argo den unbeugsamen alten scharfzüngigen thekengast des *Duck,* der jetzt mit der seelenruhe des flaneurs seine bühne räumte, umspült von den schemen der passanten. Argo verlor ihn aus dem blick.

Dann wechselte er hinüber zur bartheke. Nippte an einem Bourbon auf eis, zur stärkung mit einem espresso verrührt. In gedanken der versuch, facetten seiner erinnerungen des besuchs auf der *Themis,* in ein sinngebendes bild zu fassen.
Der Dschinn schwieg.
Statt seiner, wie von anderen erinnerungen abgelöst, ganz nahe, eine sirenenstimme, weiche lippen berührten sein ohr und flüsterten, *"I'd dive to the bottom, I'd never ever come up."*

Schon hatte Lucy neben ihm platz genommen, "aha, wir sind beim Bourbon coretto, darf ich mich fürs erste dem anschließen?"

Schon war der aufmerksame barkeeper zur stelle, zu dem sonderwunsch platzierte er unaufgefordert eine volle flasche Bourbon, ein zweites glas dazu. Achtete im weiteren nur noch auf die versorgung mit frischem eis.

Lucy musste gute nachrichten haben, die trauer über ihren verschollenen Alex mochte sich verflüchtigt haben, schien aber kaum zu wissen, wie zu beginnen.

"Hör mir zu, mein lieber. Die welt ist verrückt."

"ja klar, von hier nach da, nach dort, und so fort, was sie auf dauer unvermeidlich ramponiert und lädiert erscheinen lässt."

"Meinte nur, es passieren verrückte dinge. Wieder im job, in der klinik des Dinglich. Er darf wieder praktizieren, es wurde nichts belastendes bei ihm gefunden, du weißt schon, zum fall seines überdrehten superreichen klienten Alex."

"Ach ja, doch der Alex, nun nur noch ein fall, wundert mich, wie du jetzt von ihm sprichst."

"Was ist denn davon zu halten, schreibt inzwischen seinem arzt ansichtskarten aus Rio Branco, oder Bronco, irgend so ein verlorenes nest in den urwäldern des Amazonas, doch mir nicht eine einzige nachricht."

"Verstehe, aber seltsam auch, nach einem unfall in Bangkok vermisst, taucht er in tiefsten urwäldern wieder auf. Dürfte dem champion dort sehr schwer fallen, eine verbindung zu seinen virtuellen spielerkollegen wieder aufzunehmen."

"Willst du ihn entschuldigen? Den avatarspleen habe ich nie verstanden, mir schnuppe, hinderte ihn ja nicht für meine erwartungen eine klasse nummer gewesen zu sein. Aber in seinem durchgeknallten virtuellen *sosein*, du sagst es, sitzt er nun auf dem trockenen, sollte sich besser mal an mich erinnern."

"Wo du recht hast, hast du recht."

"Halte dich fest, das verrückteste kommt noch. Dr. Dinglich hat einen neuen, gleichfalls gut zahlenden patienten, und rate mal um wen es sich handelt."

"Irgendein politiker, seiner torheit einsichtig geworden?"
"Larifari, die meisten sind doch für so was immun. Nein, es ist mein vorgängerchef, Adalbert der patentanwalt, bei dem du vorsprechen wolltest, ihn verpasst hast. Da sieh an, ist die welt nicht wirklich verrückt?"
"Möchte sagen, einfach nur klein", und mit einem leichten hauch schlechten gewissens, "na und, was soll's schon?"
"Was heißt *na und,* der arme leidet leider am verlust seines gedächtnisses. Das findet sich nun mal nicht im papierkorb unterm schreibtisch wieder, sondern nur in sich selbst."
"Papierkörbe haben's auch nicht leicht."
"Hör du auf! Adalbert erkennt mich zwar nicht wieder, nennt mich aber seine Aphrodite."
"Na, wenn das nichts ist. Das reicht doch."
"Seine erinnerungen sind löcherig wie, ja wie, egal wie, immerhin, seine kreditkarten haben ihn identifiziert, kann wieder über sein beträchtliches vermögen verfügen. Das macht ihn zu einem wohlumsorgten patienten."
"Wenn er nun während der therapie sein gedächtnis wieder finden sollte?"
"Darum geht's doch, keine rede mehr von uhren, die zu schnell laufen, und das wichtigste, schon gesagt, ich gefalle ihm. Sollte er sich erinnern ein erfolgreicher patentanwalt zu sein, ich wäre sofort wieder eingestellt und könnte dann den versprochenen neuen termin für dich arrangieren."
"Lucy, geliebter hafen, träume sind keine nägel, die wir ins glücksrad einschlagen können, uns dran festzuhalten. Ein kluger mann hat mal gesagt: *Kein sollen aus dem sein.* Jetzt sind wir hier, das ist real, im moment nichts weiter."
"Deine reden können einem das verstehen ganz schön in die klemme bringen. Mag's zwar, solange ich nicht wirklich drüber nachdenke. Aber ich hab's begriffen, also auf das hier und jetzt, mein lieber."
Die gläser nachgefüllt, darin der klang des zerspringenden eises, momente des innehaltens, saat der nachdenklichkeit, doch war Lucy noch nicht zu ende, "und deine erfindung hast du doch sicher gut aufbewahrt?"
"Besser als du denkst, doch dein anwalt hatte recht, es ist

eigentlich gar keine erfindung."

"Du hattest ihn doch gar nicht sprechen können?"

"An dem punkt waren wir damals schon, du erinnerst dich? Wir haben's klugerweise auf sich beruhen lassen, sollten wir auch jetzt tun."

"Weißt du was, bist ein abgedrehter freak. Kann dir nichts krumm nehmen. Auch wenn ich vieles nicht verstehe, habe ein gutes gehör, ein gespür für einklang oder mißklang."

Was sollte er darauf antworten, zum glück war sie mit ihren neuigkeiten noch nicht am ende, "du erinnerst dich an den verkannten erfinder mit seiner guten laune kappe?"

"Harmlos und stur, verbohrt wie ein holzwurm."

"Wie du meinst. Habe ihn kürzlich im TV gesehen. Er ist in die politik gewechselt, aufgestiegen, in höchste regionen."

"Dünne luft, schlecht für einen choleriker."

"Wurde interviewt, seine aufgabe als pressesprecher eines präsidenten und kriegführenden landes, alle nachrichten mit bester-laune-stimmung zuzubereiten."

"Schlechte küche, gut angerichtet, auch eine kunst."

"Danach wurde im TV eine katze vorgestellt, sie konnte lauter schnurren als ein rasenmäher."

Lucy erwies sich als garant, Argo nicht in philosophische abgründe stolpern zu lassen. Wohltuende, vom klang der gläser erhellte stunden.

Die feierabendglocke des *Duck* wurde schon zum zweiten mal geläutet, nun wechselte Argo das thema, "du hast mich ein anderes mal damit aufziehen wollen, mir beliebte es auf parkbänken zu nächtigen."

"Habe ich dir gründlich ausgetrieben, du bereust das doch wohl nicht?"

"Keineswegs. Aber diesmal lade ich dich dennoch auf eine nacht unter den sternen ein, auf einer parkbank, die nur darauf wartet, uns in den nachthimmel zu entführen."

"Das ist nicht dein ernst."

"Oh doch, du wirst sehen. Diese bank ist mir ergeben. Habe sie zur letzten stunde, eh' gleich der barkeeper ein drittes mal die glocke schlägt, auf den taxiparkplatz bestellt."

"Was du wieder so fabulierst, bin gespannt."
Der rest der flasche reichte gerade noch für zwei absacker, der barkeeper hielt mit seiner ungeduld nicht hinterm berg, "immer die gleichen gäste, die kein ende finden können", hatte aber einen versöhnlichen klang.

Vor dem pub, an- und abfahrende taxen, doch zwischen den wartenden stand die parkbank, zur empörung aller hinzukommenden fahrer, nicht ahnend, dass es sich hier um eine wirkliche konkurrenz handelte. Sie störten sich an dem verantwortungslos abgestellten mobiliar.
Als ob ein solches abstellrecht in den straßen nur den autos zustände. Warum kam noch niemand auf die idee, parkende autos als sperrmüll entsorgen zu lassen, wenn sie wie üblich auf fahrradwegen, bürgersteigen, ja sogar auf rasen und promenaden der parks abgestellt wurden?
"Meister, über laster und unzulänglichkeiten anderer ist leicht reden", mahnte der Dschinn, "vorschnell über den daumen gepeilt, und schon kommt ihr menschen euch in die quere. Wie sagtest du doch gleich, *kein sollen aus dem sein*, also bleib auch du auf dem boden, wu-wei."

Mittlerweile war die entrüstung der versammelten taxifahrer angewachsen, sie rotteten sich zusammen, und als Argo und Lucy auf der bank platz nahmen, ehe einer aus dem kreis der immer enger sich um sie schließenden erregten meute seinen zorn an ihnen handgreiflich abladen konnte, schwebten sie, schwupps, unerreichbar hoch oben über deren offenen mäulern, aus sicherem abstand winkten die beiden ihnen entwischten fahrgäste, mit frivolen gesten, ein *gute nacht* hinunter.
Die automobilisten glotzten ihnen hinterher, nicht einmal ein irgendwie angebrachtes kennzeichen um anzeige erstatten zu können, so entschwand das gefährt im sommerlichen nachthimmel der metropole, wo jenseits der dunstglocke sich das sternenmeer wölbte. Die in sich zerstrittene und verkeilte welt als hanswurstige schmierenkomödie entlarvt. Die zeit schafft die nötige distanz, sie hat mit reisenden ein augenzwinkerndes nachsehen.

licenza

So weit, recht oder schlecht, das bemühen des autors, die losen erzählfäden vor den fallstricken eines schicksalromans zu bewahren, gefruchtet haben mag, ob andere früchte die lektüre reifen lassen, ist nicht ersichtlich, vielleicht doch ein irrender Quixote, aus der zeit gefallen.

Selbst das viel gerühmte obst vom baum der erkenntnis dürfte allen sehr unterschiedlich schmecken. Kein recht zu glauben, somit gutes vom bösen scheiden zu können. Das dao, die kräfte des yin und yang, hat nichts mit wertungen aus selbstbezüglicher sicht des *wir und die* zu tun.

Die physik lehrt uns, kein ergebnis sei unbeeinflusst vom beobachter, von ort und zeitpunkt. Wer wollte da ein sollen aus dem sein ableiten? Im kaleidoskop sich kreuzender oder überlagernder ereignisse ist schließlich alles möglich, dem autor ein rettungsanker. Die richtschnur des als zeitgeistig angemessenen anzulegen hieße nichts anderes, als sich selbst in eine zwangsjacke einzuwickeln und wie soll dann noch eine hand für die schreibfeder frei bleiben?

Die freiheit, sich der meinung zu enthalten, eingeständnis des nichtwissens, ist immerhin schon etwas. Und als guter rat einem handbuch zu entnehmen, maximen der:

"universal grinder franchise"

erste empfehlung: inne halten
Digital süchtige, daumen weg vom *display*, keinesfalls als ersten reflex *hashtaggen* um dampf abzulassen.

zweite empfehlung: inne halten
Sich dem freien lauf des nichtstuns überlassen.

dritte empfehlung: inne halten
Es gibt keinen zwang, zu allem eine meinung haben zu müssen.

Mögen auf diesem, in der kartografie seiner heimatgalaxie randständigen kleinen planeten *Erde* einige mächte sich von den gezeiten globaler winde getragen glauben, unter dem

banner ihres letzten aufgebots sogenannter wertebasierter mission, natürliche resourcen zu privatisieren, zu plündern, doch die, die dieser fahne folgen, werden immer weniger.
Kein cowboy wird begreifen, was jahrtausende chinesischer zivilisation zur blüte gebracht hat, das pflichtstudium der *Klassiker* war bedingung aller herrschaftlichen macht, nicht das pistolenhalfter um die hüfte.

Eine essenz aus dem rat daoistischer weisen:
"Nicht der welt vorangehen, innehalten, wie soll sich anders der gesichtskreis erweitern."

na das fehlte noch !%!!#~&@?*!!

Zu guter letzt haben sich zwei irrwische, ihrer erratischen irrlichternden natur gemäß, vorzeitig auf diese seite der *grinder-manuskripte* eingeschlichen, ein zugesagter auftritt in einem späteren band genügt ihren boshaften ambitionen offensichtlich nicht.
Das erste irrlicht zum zweiten, "haben es jetzt bis hierher geschafft, doch niemand begrüßt uns."
"Wir kommen unerwartet, die einladung des autors ist nicht nicht für heute vorgesehen."
"Fakt ist, uns traut niemand, wir trauen auch niemandem."
"Ich schon, jedenfalls dem autor."
"Da siehst du mal, alles ist subjektiv."
"Was du sagst, kann kaum allgemein gelten."
"Du machst mich noch irre."
"Dein subjektives befinden, ich traue dem autor."
"Es ist eben alles subjektiv, aber du liegst falsch."
"Wie kannst du wollen, das sei allgemein gültig?"
"Du mit deinen einwänden, wir trauen niemandem."
"Ich schon, jedenfalls dem autor." ...

Anmerkung des setzers im verlag:
Zu meiner und der leser erleichterung, aus platzgründen muss dieser irrlichternde dialog abgebrochen werden. Ein aufatmen, bis dritten band der *grinder-manuskripte,* da den beiden ihr auftritt nicht länger verweigert werden konnte.

Bingo!
ein bonus der
»universal grinder franchise«
allen unverzagten stillvergnügten lesern
sowie den indignierten
und doch bis zur bitteren neige lesenden
die fabel vom s*ein,* dem stein und dem *nichts.*

einst auf einem kleinen planeten

eine fabel
vom sein oder nichtsein

Gedämpftes rauschen der meeresbrandung weiter draußen, im vorgelagerten felsgestein der uferklippen nur noch ein gurgelndes plätschern des gleichmäßig sich hebenden und senkenden wasserstandes, erlahmte, gebrochene kräfte der entfernten, zuvor mächtig rollenden wellenkämme.
Flutende wärme der hochstehenden sonne versetzt einen alten granitfels in behaglich ruhiges dösen, gleicherweise auf seinem bauch seine freundin, die eidechse.
Es ist ein grauer, leicht rötlich schimmernder, von schmalen eisernen adern durchwachsener fels, tief eingefurchte schrammen und glatt geschliffene rundungen prägen seine gestalt. Er trägt die zeichnungen der zeit mit würde.

Ein schatten gleitet über die schläfrige idylle. Die eidechse huscht in einen geschützten winkel unter dem fels. Seltsam nur, nichts und niemand, nicht einmal das kleinste wölkchen ist als urheber dieses schattens auszumachen.
"Ein herrenloser schatten, welches paradox", wundert sich der alte granit, gefolgt von großem erstaunen, unvermittelt auf die halblaut gedachten worte, einfach so, aus dem blau des himmels, antwort eines unsichtbaren.
"Lieber stein, bitte, nur einen moment geduld, hör' mich an.

Da ist niemand, dem ich mich in meiner not noch mitteilen könnte. Philosophen haben mich, das *sein,* ein *ding an sich* getauft, aber nie aus den nebelschleiern ihrer spekulationen ins licht der welt entlassen. Komme nun zum wesentlichen.
Dieser schatten ist einer meiner letzten versuche, gestalt anzunehmen. Immerhin, die eidechse, deine freundin hat das untrüglich gespürt, ein hoffnungsvolles zeichen, ich könnte es am ende doch noch zu euch hinüber schaffen."
Dem granit fiel auf, dass dieser schatten zwar eine art trübung des lichts bewirkte, dabei nicht im geringsten der sonne wärme minderte.

"Also verehrtes *sein,* oder d*ing an sich*, zu einem echten schatten scheint es nicht so recht zu reichen, halten wir das mal fest. Als was willst du denn gestalt annehmen? Ich, ein stein, ohne das *t* wäre womöglich selbst nur ein *sein,* von unscharfer gestalt gleich dir, wer weiß das schon."
"Ich bin enttäuscht, auch du philosophierst drauf los, statt mir mut zuzusprechen."
"Nicht doch, also ein kleiner tipp, suche du das *nichts* auf, es führt einen stattlichen hof, einfach durchfragen, leicht zu finden."
"Oh ja, vom *nichts* habe ich gehört, ist das nicht von allzu gegensätzlicher natur zu mir?"
"Von natur kann bei euch beiden doch sowieso nicht die rede sein, gespenster, die ihr allesamt seid."
"Du entmutigst du mich nur noch mehr."

"Hör weiter zu, dann sag dem *nichts* folgendes:
Nichts ist nicht, denn nichts kann niemals sein.
Kannst du dir das merken, dann wird alles gut."

Mittlerweile hat sich die kleine eidechse aus ihrem versteck hervorgewagt und hat wieder auf dem bauch des freundes platz genommen. Für gespräche dieser art ist sie taub, aber immerhin scheint die lage beruhigt. Auch erhält der alte granit auf seinen wohl gemeinten rat keine weitere antwort. Der schein eines schattens hat sich aufgelöst oder ist weiter gewandert.

Es ist leichtfertig, davon auszugehen, steine besäßen keine wahrnehmung des geschehens um sie herum, erst recht ohne erinnerungsvermögen, da, wie anzunehmen, ihnen stunden und tage, mondumläufe, die jahreszeiten, ja selbst jahrhunderte zur bedeutungslosigkeit zusammenschnurrten, wie sollte in dieser art zeitlosigkeit erinnerung möglich sein? So ganz aus der zeit gefallen ist dieser alte granit allerdings nicht, wie sich noch zeigen wird.

Eines tages, angesichts eines grandios über land und meer gespannten regenbogens, dessen schillerndes farbenspiel bereitete dem alten granit immer besondere freude, da erreicht ihn mit einem mal wieder die nicht vergessene stimme des *seins,* oder des *dings an sich*, wie gehabt aus dem nirgendwo.

"Schön dich wiederzutreffen,
lieber alter rostbraun grauer fels,
erinnerst du dich an mich,
an das *sein,* das dich
vor ewigkeiten um rat gebeten?"

"Ich bin mehr als überrascht, erfreut sage ich. Was ist aus deinen schattenübungen geworden, oder hast du meinen rat befolgt?"
"Alle versuche, in deiner welt gestalt anzunehmen hatte ich nach unserer einstigen begegnung aufgegeben. Jetzt bin ich die braut des regenbogens, und richtig, da ist etwas, wofür ich mich bei dir bedanken möchte."
"Erzähl nur, wenn's nicht eilt, bin gespannt, wie nur ein fels sein kann."
"Es war dein rat, habe beim hochwohlgeborenen *nichts* um eine audienz gebeten. Bei anwesenheit seiner geheimsten hofräte, einflüsterer und einschmeichler, unter anderen der *leere* und der *maya*, trat ich dem *nichts* gegenüber, kam mir vor wie ein verschwörer, als ich sagte:
"Hoheitliches *nichts*, ich fasse mich kurz",
und wie eine zauberformel aufsagend fuhr ich fort,
"Nichts ist nicht, und nichts kann niemals sein."

Darauf blähte sich mein gegenüber gewaltig auf, verschlang in unersättlicher gefräßigkeit seine neben ihm stehenden minister, narren und ratgeber. Ich dachte, mit dem nächsten haps wäre auch ich dran.

Da schien es, als müsste das *nichts* sich mit einem mal übergeben, aus seinem schlund quoll ein nicht endender lichtstrom.

Für einen augenblick wurde es sogar so hell, dass ich mich abwenden musste. Danach war der ständige nebel meines dämmerig sonnenlosen daseins einer freundlichen helligkeit gewichen. Das *nichts* war fort, wohin auch immer. Ich blieb zurück, mir war, als strömte frische frühlingsluft durch weit geöffnete fenster, ja so, als wär' das gesamte universum neu geboren. Eine heitere stimmung ermutigte mich, die neue umgebung zu erkunden.

Die dinge nahmen für mich einen günstigen verlauf. Kaum hatte diese neue farbigkeit in meiner welt einzug gehalten, habe ich mich eines tages in den regenbogen verliebt, steht er doch mit seinen zwei füßen in meinem reich, spannt seinen bogen sichtbar über eure welt. Durch unsere liebe sind wir eins geworden. Schatten hin und schatten her, das bedeutet dem regenbogen nichts, er selbst hat schließlich auch keinen."

Der alte rostfarbene granit lauschte dieser geschichte mit vollster zufriedenheit.

Höflich verabschiedete sich das gewandelte *sein*, das heißt, der regenbogen verzog sich mit einem "dankeschön."

Der granit, im stillen, für einen stein in nicht nennenswerter bescheidenheit, ein eingeständnis, "letztlich ist es doch nur mein *t*, die pause und besinnung, die ich ihm verdanke, also ein sehr geringer unterschied, der mich, einen s*tein,* vom *sein* und dessen irrungen zu trennen scheint."

Eine frage, die ihn offensichtlich seit der ersten begegnung mit dem schattenlosen *ding an sich* nicht losgelassen hatte.

Eine derartige fabel aus dem ideenreich der vernunft wird sich schwerlich in der alltäglichen erfahrungswelt begründet wiederfinden, dem verstand dort nicht greifbar.

Alle versuche, *sein*, *geist* und *spiritualität* fassbar in der materialität der dinge zu verorten, wir verlören sie alsbald auf den nebelbänken trübster spekulationen aus den augen, gäbe nicht die vernunft ihnen ein zuhause.

Andererseits gilt sogar für den stein, dass er in seiner subatomaren existenz nur einen millionenfachen bruchteil an masse besitzt, sein volumen eine räumliche leere, gleich einem galaktischen sternengekreisel ist.

Unter dem verstandesbegriff der *relationen* schleichen sich außerdem allzu leichtfertig kategorieverwechslungen ein.

Wie der chinesische philosoph Wang Chong sagte:
"Wer hat denn schon je erlebt, dass die schärfe eines messers übrigbliebe, nachdem das messer zerstört wurde?"
Wang Chong oder auch Qang Chung (27 – ca. 97)

zeit und stunde sind ungleich

gemalten blumen fehlt der duft

eines atemzugs fülle

kein gefäß wäre groß genug

ein stein
ist flussaufwärts
gewandert

nachtrag des Dschinn
aus der spanne zwischen hier und jetzt

Ein versprechen hat der autor eingehalten, er hat mich nicht in die märchenwelt verbannt. Andererseits, da er nicht gerade als zeitgemäßer prosaschreiber gelten kann, doch literarischen gattungen so einfach nicht zu entkommen ist, sah er einen ausweg darin, mit meiner zustimmung, sein werk einem höchst dubiosen *slipstream sci-fi* genre zuzuordnen.

Da bitte ich, auch in seinem namen, *science fiction* affine leser großzügig nachsicht walten zu lassen.

Erklärter weise im windschatten des sci-fi unterwegs zu sein, immerhin das eingeständnis, für eine darin fundierte literatur nicht ganz so das schriftstellerische zeug zu haben. Insofern sitzt er wohl eher zwischen allen stühlen.

Und auch meine maßgebliche beteiligung an den reisen des Argo dürfte kaum neuen theorien über zeitreisen dienlich sein. Erlaube mir dazu kurz die frage, bleibt der bruch mit der linearen zeit nicht eine viel weiter reichende angelegenheit des bewußtseins, weit hinaus über alle physikalisch und technisch bestimmbaren ereignishorizonte und letztlich immer noch der wichtigste schlüssel für die pforten der wahrnehmung?

Das beliebte etikett der *fantasy* ist zum glück vom verlag nie erwogen worden, und allen war klar, meine mitwirkung wäre dazu nicht zu gewinnen gewesen. Und zu guter letzt, mit dem vom autor reklamierten *unzuverlässigen erzählen* kann ich mich unwidersprochen anfreunden.

Anmerkungen des Verlegers

Seite 5
Vorangestellte Verse der Künstlerin Mónica Lista. Malerin, Dichterin, ethnologische Studien. Gebürtig aus Uruguay. Die Verse sind einem ihrer vielen Gedicht-, Bild- und Textbände entnommen:
»Kniekehlenduft« (2014) Seite 21
ISBN 978373750046-3

Seite 12
Paul Virilio, »Revolution der Geschwindigkeiten« (1993)

Seite 34
Lao-tzu »Tao-Te-King« Kapitel 47
Übersetzungen von Günther Debon und Sylvia Luetjohann

Seite 35
Der Taxifahrer Harris Charon "der Fährmann"
aus dem film »The Fare« (2018)

Seite 36
»Sieh nach den Sternen! Gib acht auf die Gassen!«
Wilhelm Raabe in »Die Leute aus dem Walde« (1863)

Seite 37
Alain Resnais, »Smoking« und »No Smoking«, (1993), basierend auf dem Bühnenstück von Alan Ayckbourn »Intimate Exchanges« (1982)

Seite 38
»et le temps m'engloutit minute par minute ... bois comme une pure et divine liqueur ... le feu clair qui remplit les espaces limpides«
Charles Baudelaire; aus »Le gout du néant« und »Élévation«

Seite 55
Zitat eines Ausspruchs von Ni Tsan (1301 – 1374)
gemäß der Schilderung von Maggie Keswick:
»Der chinesische Garten« S.118

Seite 62
"Pilger Lu" auch Hui-neng (638 – 713) VI. Patriarch und Begründer des chinesischen "südlichen Chan" (japanisch Zen)

Seite 66
Der Anthropologe und Ethnologe Bronislaw Malinowski
»Argonauten des westlichen Pazifik« 1964 – Syndikat/EVA
dem das Thema "Kula-Ringtausch" entnommen wurde

Seite 71
Ernst Jünger »An der Zeitmauer« (1959)

Seite 73
José Ortega Y Gasset »Sozialisierung des Menschen« (1934)

Seite 75
Eine dpa Meldung vom 30.01.2019 06:59

Seite 82 (unten)
Saint-John-Perse »Winde« (1946)

Seite 85
William von Ockham, zitiert nach Bertrand Russell:
"Am bekanntesten ist Occam durch seinen Ausspruch geworden, der sich nicht in seinen Werken findet, jedoch die Bezeichnung »Occams Rasiermesser« bekommen hat. Dieser Satz lautet: »Entitäten sollten nicht unnötig vervielfacht werden.« Wenn auch nicht dies, so sagte er doch etwas, was ungefähr auf dasselbe hinausläuft, nämlich: »Es ist unnütz, etwas mit mehr zu tun, was auch mit weniger getan werden kann.«
»Philosophie des Abendlandes« (1945)

Seite 98
"Ich meine, dort, wo du zuhause bist, das verstehst du doch?"
Das kind verstand das zuhause ebenfalls nicht.
"Wo ist denn deine mutter?"
"In der küche", blieb die einzig karge antwort.
Dazu eine Anmerkung.
Die Küche, "von jeher wurde anerkannt, dass der Mittelpunkt der Familie der Herd [der Laren] ist."
Ortega y Gasset in »Sozialisierung des Menschen«

Seite 101
»Bienenfabel« von Bernard Mandeville (1705 / 1714)
es geht um das Schwert der Dame *Justitia*:

Yet, it was thought, the Sword she bore
Check'd but the Desp'rate and the Poor;
That, urg'd by meer Necessity,
Were ty'd up to the wretched Tree
For Crimes, which not deserv'd that Fate,
But to secure the Rich and Great.

Seite 116
»Kappie«, Bildgeschichten des niederländischen Zeichners und Erzählers Marten Toonder (1912 – 2005), die Fahrten des *Sleepboot de Kraak, mit Kappie,* dem *Maat,* dem *Meester* und dem chinesischen Koch *Ah Sing.*
Sowie die fabelhaften Abenteuer des Katers *Tom Poes* und des Bären, des Aristokraten *Bommel* auf seinem Schloss *Bommelstein.*

Seite 116
»Nick der Weltraumfahrer«, als Piccolo Streifenhefte von 1958 –1960. Erzählt und gezeichnet von Hansrudi Wäscher (128 -2016)

Seite 119
Bertolt Brecht »Die Geschäfte des Herrn Julius Caesar«

Seite 119
Yang Zhu (ca. Anfang 4. Jahrh. v.u.Z) chinesischer Philosoph »Kein Haar für die Welt«

Seite 119 unten
Lao-tzu im »Tao-Tê-King« Kapitel 63 *"Tun was ohne tun ..."*

Seite 122 / 124
Der Philosoph David Hume konstatierte die Neigung mancher seiner Zeitgenossen, in logischen Argumentationen vorschnell vom *Sein* zum *Sollen* zu wechseln, später auch *Naturalistischer Fehlschluß* genannt.

Seite 125
Abbildung: Yijing 17 »SUI - Die Nachfolge«

inhalt